公主の嫁入り3
～雪解けは枯木に愛の花咲かす～

マチバリ　Matibari

ALPHAPOLIS
WEB CITY SINCE 2000
アルファポリス文庫

https://www.alphapolis.co.jp/

序章

風に混じる新緑の匂いが心地いい。

この頃は一日を通して過ごしやすくなってきたし、そろそろ夏用の衣を仕立てるべきだろうかと考えながら手巾を洗っていた雪花《セッカ》は、隣の部屋から聞こえてきたか細い泣き声に手を止めた。

「あらあら」

ふにゃふにゃとした仔猫のような声はだんだん強さを増している。

慌てて水から上げた手を乾いた布で拭いてから駆けつけると、籐づくりのゆりかごがゆらゆらと揺れていた。

「母上、林杏《リンシン》が」

困り果てた顔でゆりかごを覗き込んでいるのは翠《スイ》だ。今年の春で九つになり顔立ちからは幼さが抜けたものの、その横顔はまだあどけない。

「もう、お昼寝から起きてしまったのね。翠、ありがとう」

翠の頭をひと撫《な》でしてから、雪花はゆりかごの中へ両手を入れて小さな身体を優しく抱き上げる。

「泣かないで林杏。母が来ましたよ」

顔を真っ赤にしてぐずっているのは、昨秋に生まれた蓮《レン》と雪花の娘である林杏だ。

真っ白な肌と小さな唇は雪花に、黒曜石のような黒い瞳は蓮によく似ている。

生まれたときはあまりに小さくてちゃんと育つか不安だったが、半年を過ぎた今では赤子らしくふっくらして可愛いばかりだ。

「よしよし、林杏。よいこ、よいこ」

とんとんと背中を叩きながら揺らしてやると泣き声が弱まり、強ばっていた頬《ほお》が緩《ゆる》む。

最近では家族の見分けがつくようになったのか、雪花や蓮が抱き上げると反応することが増えてきた。

「僕では泣き止まなかったのに」

しゅんとした声を上げる翠の表情が今度は曇《くも》る。翠は林杏をとても可愛がってくれている。

林杏を身籠《みご》もったとき、本当は少しだけ不安もあった。

複雑な生い立ちの翠は、雪花と蓮の間に生まれる子どもに対してどんな気持ちを抱くれたのだろうと。

だが、身籠《みご》もったことを告げたその日から今日まで翠はずっとそれを喜んでくれたし、雪花や林杏を慈《いつく》しんでくれた。

あまりにも聞き分けがよすぎて、逆に心配になるくらいだ。

「きっと抱っこしてほしかったのよ。翠にはまだちょっと難しいから」

「僕、早く大きくなりたい。そしたら母上の代わりに林杏をいっぱい抱っこしてあげるね」

「ふふ、ありがとう」

まだまだ小さな頭を撫《な》でると翠は嬉しそうに目を細める。

「おや、もう泣き止んだのか」

「父上！」

翠が嬉しそうな声を上げ、子ども部屋に入ってきた蓮に飛びつく。

「泣き声が聞こえたから勇んで来たのに残念だ」

「まあ」

おどけて肩をすくめてみせる蓮に、雪花は声を上げて笑った。腕の中の林杏はきょときょととせわしなく目を動かしている。

「ほらほら、父さまが来ましたよ」

娘の心を察して、雪花は蓮の腕に林杏をそっと受け渡した。すると小さな顔をくしゃりとさせた林杏が両手をぱたぱたと動かした。

どういうわけか林杏は、母である雪花よりも父である蓮が好きなようで、夜でさえ蓮が抱くだけで泣き止むことが多くあった。

「よしよし。また重たくなったか」

蓮もまた自分を好いてくれる娘が可愛くて仕方がないのだろう。愛しげに目を細め、小さな身体を上下に優しく揺らしてやっている。

「今朝も抱いていたではありませんか」

「子どもは瞬きする間に育つと言うからわからないぞ」

どこまで本気かわからない口調の蓮に、雪花は翠と顔を見合わせ、それから笑った。

宗《ソウ》国・先帝の公主だった雪花が道士である焔《ヤン》蓮のもとに嫁いでから、早いもので四年の月日が流れた。

雪花を後宮から逃がすためのいつわりの婚姻だったはずなのに、ともに過ごす中で想いを通わせ合い本当の夫婦となり、今に至る。

人の縁とはつくづくわからないものだと思う。

奇妙な縁でふたりの養子となった翠は、焔家に来たときは幼児に見えるほど痩《や》せ細っていたのに、今では年相応の少年らしい体格になった。

蓮と雪花を父母と慕ってくれる姿にはなんの憂《うれ》いも感じられず、林杏を愛でる表情には深い情が見える。

健やかに育つ姿を目にするたびに、雪花の胸の奥はじわりと熱を持った。

焔家の精霊たちも、翠や林杏を大切にして愛してくれている。

誰ひとり欠けることなど許されないほど満ち足りた日々だった。

＊＊＊

「ふう……」

子どもたちを寝かしつけ、夫婦の寝室で髪をほどいた雪花は愁《うれ》いを帯びた溜息をこぼした。

鏡台の上には一通の文が置かれていた。

「どうした……ああ」

心配そうに近づいてきた蓮が、雪花の視線の先にあった文を見て、困ったように眉根を寄せる。

「そろそろ返事をするべきだな」

「……行くべきなのはわかっているのです」

雪花はわずかに目を伏せる。

その文は、ひと月ほど前に届いた。皇城に里帰りをしないかという普剣帝《フケン》からの誘いがしたためられている。

発端は、宗国を治める普剣帝が、新年の祝いを機に後宮に妃を迎え入れたことだ。父である先帝が享楽に耽《ふけ》り政《まつりごと》をおろそかにしたことを嘆いた普剣帝は、己の治政が安定するまでは妃を迎えないと宣言していたのだ。即位から数年。ようやくそのときが来てくれたことに、家臣や国民たちは胸を撫《な》で下ろしていることだろう。

雪花もまた、やっと妃を迎えた普剣帝の決断に安堵《あんど》し、喜んでいた。

（お父さまにはどうか幸せになってほしい）

ふたりと蓮以外誰も知らないことだが、普剣帝は雪花の実の父親だ。

先帝の女官だった雪花の母とまだ皇子だった普剣帝は恋に落ちたが、先帝の寵妃《ちょうひ》だった麗貴妃《きひ》の策略により、母は先帝の手に落ちてしまったのだ。

すでにその身に宿っていた雪花もまた先帝の娘として生まれ、雪花の母は後宮で虐《しいた》げられながら命を落とした。

終《つい》ぞ、家族として過ごすことが許されなかったが、雪花は普剣帝が母と自分をなにより大切にしてくれたことを知っている。

そして、普剣帝が今でも雪花の母だけを深く愛していることも。

一度だけ、普剣帝から雪花を正式に娘にしたいと提案されたことがあった。

『お父さま。私が最初の公主とわかれば、またいらぬ争いが生まれます。どうか、このままで。母さまもきっとそれを望んでいます』

事実がつまびらかになれば、雪花は現帝の公主としての地位を得るが、母はまた辱《はずかし》めを受けることになる。

普剣帝は悲しげではあったが雪花の意思を汲《く》んでくれ、今でもふたりは兄妹のままだ。

本来、嫁入りした公主がわざわざ後宮に里帰りすることは珍しい。だが。

「陛下にしてみれば林杏は初孫だからな。早く顔が見たいのだろう」

妃を迎えるまでは頻繁《ひんぱん》に焔家に足を運んでいた普剣帝だが、妃を迎えることが決まってからはなにかと慌ただしく、林杏の顔をまだ見られていないのだった。

可愛い盛りである林杏の姿を見たいと願うのは当然だとは思う。

難しいことはなにもない。皇城に上がり、普剣帝に謁見《えっけん》すればいいだけなのに、ぐずぐずと返事を先延ばしにしたまま今日まで来てしまっていた。

「後宮は、君がいた頃からずいぶんと様変わりした。俺や翠もともに行くのだ。なにも恐れることはない」

蓮の口調からすると、彼は雪花が後宮への恐怖から里帰りを迷っていると思ったのだろう。

仕事で皇城に足を運ぶことが多い蓮は、今の後宮を知っている。言葉を尽くして不安を取り除こうと考えているらしい。

「それに、君も母上に挨拶《あいさつ》をしたいだろう？」

蓮の言葉に、雪花は目を伏せる。

雪花の母は皇帝を恨《うら》んだ男の手により命を奪われ、いくつかの位を与えられて後宮の奥にある位の低い妃たちが眠る霊廟《れいびょう》に祀《まつ》られていた。だが普剣帝は、雪花が正式に蓮の妻になった祝いにと、密かに月花宮《げっかきゅう》に祭壇を作り雪花の母だけを祀《まつ》ってくれているという。

一度は里帰りして手を合わせたい。

ずっとそう願ってはいたが、やはり後宮での日々を思い出すとずんと心が重くなってしまう。

「あの場所には良い思い出も悪い思い出もあります。子どもたちの前で、自分が冷静でいられるのか自信がないのです」

雪花が生まれ育った月花宮。

母との幸せな日々と、ひとりで生きていた孤独な日々。あの場所にはそのふたつが詰まっている。

公主だった頃の全てが残る月花宮に、今の雪花の全てである蓮や子どもたちを招いたとき、一体自分がどう振る舞えばいいのか想像ができないのだ。

「……雪花」

蓮の大きな手が雪花を優しく抱き寄せる。

なだめるように髪や背中を撫《な》でられ、ざらついていた心が落ち着きを取り戻していく。

たくましい胸板にもたれながら目を閉じていると、蓮が優しい声で語りかけてくる。

「君は変わった。出会った頃は、いつ消えてしまうか心配でたまらなくなるほどに弱々しくて……」

当時を思い出しているのだろう。噛み締めるような口調に昔の自分を思い出し、苦笑いが浮かんでしまう。

「でも、俺を救い、翠を救った君は、もう立派な大人の女性だ。かつての住み処に戻ったくらいで、揺らぐようなことはないさ」

「蓮……」

どうして蓮はいつも欲しい言葉をくれるのだろうか。

よりどころのなかった雪花に恋を教えてくれて、愛を与えてくれた大切な人。

「俺が一番大切にしたのは雪花だが、利普《リフ》も大切な友ではある。皇帝という地位で苦しむあいつの願いを叶えてはやりたい」

それは雪花とて同じだ。

これまで雪花は与えられるばかりで、なにも返せていない。孫を見たいというささやかな願いくらいは聞くべきだと頭ではわかっている。

ただ、その一歩を踏み出す勇気が持てない。蓮は変わったと言ってくれるが、雪花の内面には弱い部分がたくさん残っているらしい。

恥ずかしくなってぐずるように蓮の身体に額を擦りつけると、頭上からくすぐったそうな声が聞こえた。

「それに、林杏を自慢したい思いもある」

「まあ」

「本気だぞ。俺は俺の自慢の家族を国中に知らしめたい」

その声があまりにも優しくて泣きたくなった。

蓮が隣にいてくれるなら大丈夫。そんな確信が湧き上がる。

「……も」

「ん？」

「私も、自慢したい」

口に出せたことで、不安な思いが消えていく。

「明日にでも返事を出します。みんなで一緒に行きましょう」

「ああ」

行くと決めてしまえば、それまで悩んでいたのが嘘のように気持ちが軽くなっていく。

「小鈴《ショウリン》も連れていきましょう。きっと喜ぶわ」

「そうだな。本性のまま連れて歩けるように術をかけてやろう。翠にやらせてもいい」

「翠に？」

「ああ。君が想像しているよりも筋がいい。今日もひとつ、精霊との対話に成功していた」

蓮の声は珍しく弾んでおり、どこか嬉しそうだ。

翠は今、蓮に師事して道士の術を学んでいる。翠に道士の才はないと思われていたが、その身体に焔家の術を核とした呪いを宿したことがきっかけで、道士としての才能に目覚めたのだ。

蓮曰《いわ》く、雪花同様にこの焔家で呪いを受けたことが影響しているのではないかということだった。

翠がその身にかけられた呪いは、焔家全てが対象だった。

呪いの発動時、蓮だけではなくこの焔家の精霊たちと一時的に魂が繋がったことで道士の力が目覚めたのではないか、と。

そんな不思議なことがあるのかと思ったが、実際に雪花自身も呪いに対し常人ではありえないほどの強い耐性をこの身に宿している。

潜在的な力だけなら、翠は龍の加護を持つ蓮と同等かそれ以上だというから驚きだ。

この焔家に数多《あまた》いる精霊たちもそれは認めているらしく、翠は将来この焔家を背負って立つ立派な存在になるだろうと雪花に聞かせてくれていた。

特に、雪花の愛用している月琴の精霊である琥珀《コハク》などは翠の才能に一目置いているらしく、蓮に続いてせっせといろいろなことを教えているらしい。

「翠も道士になるための努力は惜しまないと言ってくれている。それがこんなに嬉しいことだとは思わなかったよ」

かつて蓮は焔家を閉じてしまおうとさえ考えていたのに、自分の持つ知識を翠に引き継げることに深い喜びを感じているらしい。

蓮を父としてだけではなく、師として慕う翠の姿は雪花から見ていても愛らしい限りだ。

「あの子は精霊を扱う力に長《た》けている。小鈴のように外では自力で実体化できぬ精霊とも心を通わせることができるようになれば、きっとたくさんの道が開けるはずだ」

「楽しみですね」

「ああ。そのためには小鈴に実験台になってもらわなければな」

小鈴が聞いたら怒りそうなことをさらりと言う蓮に、雪花は小さく笑ったのだった。

＊＊＊

翌日、雪花は普剣帝へ、家族とともに挨拶《あいさつ》に向かう旨を伝える手紙を書いた。

歓迎するという返事がすぐに届き、雪花たちは春の終わりの数日間を後宮で過ごすことが決まったのだった。

「私もお伴していいのですか？」

朝餉《あさげ》の片づけをしていた夕嵐《セキラン》は、目をまんまるにして驚いている。

焔家唯一の人間の使用人である彼は、呪いどころか精霊の気配すら感じることができないという特異体質である。

元々は他家に仕えていたが、その家が使用人たちを手放すと聞いて蓮が焔家に迎えたのだ。

家事の大半をこなす精霊たちと意思疎通《いしそつう》が取れないはずなのに、なぜかそれなりにうまくやっている不思議な人物だ。蓮と雪花を主として信頼し、翠や林杏の面倒もよく見てくれる優秀な人材ということもあり、今では焔家に欠かすことができない存在となっている。

今回の後宮行きに同行させようと蓮と話し合って決めたのだ。

「ええ、お願い」

「でも、私は一応男ですよ？　翠坊ちゃんはわかるのですが、宦官《かんがん》でもない男の使用人が後宮に入れるのでしょうか？」

首を捻《ひね》りつつも、夕嵐はどこか嬉しそうに頬《ほお》を紅潮《こうちょう》させていた。

確かに夕嵐の言う通り、後宮は女の園。

皇帝のほかには、皇族か官吏、宦官《かんがん》以外の男性は基本的に立ち入りを禁じられている。

「後宮は今人手不足だから、あちらで私たちの世話を焼いてくれる人がいたほうがいいだろうからと陛下が許してくださったの」

長く妃が不在だった今の後宮は、人手がいくらあっても足りない状況だという。

複雑な立場である自分に人をつけてもらうのは憚《はばか》られると、雪花は蓮と相談して夕嵐を連れていくこととしたのだった。

「建前上、お前は俺の弟子扱いになる」

「へぇ旦那さまの！　ってことは、私は道士見習いですか？」

さすがに使用人という名目では難しいが、蓮の弟子として伴うことで許可が出た。

「それは光栄です！　そういうことでしたら喜んで」

ほくほくとうなずく夕嵐に、翠が胡乱《うろん》な視線を向ける。

「夕嵐は、綺麗な女官に会えるのが楽しみなんだろう？」

「おや坊ちゃん。人聞きの悪いことを言わないでください。確かに後宮というのは女の園ですからそりゃあ多少は期待しますが後宮の女性たちはすべからく皇帝陛下の花ですからね。下心などございません」

妙に早口なのが気にかかるが、夕嵐の人となりを知っている雪花に不安はなかった。

明るく裏表のない性格の夕嵐に翠はよく懐いているし、後宮の息苦しい空気の中でも雪花たちを支えてくれるだろう。

「出立は明後日だ。数日は滞在する予定だから、そのつもりで準備をするように」

「承知しました。坊ちゃん、荷造りを手伝ってくださいね」

「いいよ」

「ふたりともよろしくね」

「はい」

「お任せください」

まるで年の離れた兄弟のような気安さで会話をするふたりを見つめながら、雪花は笑みを深くする。

「蓮もありがとうございます。私のわがままに付き合ってくれて。お仕事は大丈夫でしたか？」

「気にしないでくれ。急ぎの用はない。休暇と思って、あちらではゆっくりさせてもらおう」

一時期、あらゆる依頼をこなしていたからか、道士・焔蓮の名前は今ではずいぶんと有名になった。知り合いの紹介がなければ依頼を受けないようにしているのに、絶えずなにかしらの仕事が持ち込まれている。

おかげで暮らしぶりは安定しているものの、あまり無理をしてほしくないのも本音だ。

雪花の不安をぬぐうように蓮は微笑み、何度も大丈夫だと言ってくれた。

「小鈴も！　小鈴も行く！」

そこに顔を覗かせたのは鈴の精霊である小鈴だ。

翠よりも一回り小柄な少女の姿でぴょんぴょんとちいさく跳ねながら、雪花の手を掴んでくる。

「お留守番なんてやだ。小鈴もついていきたい」

小鈴は、雪花がこの焔家に嫁いで来たときからずっとそばにいてくれた大切な家族だ。蓮の母親の輿入れ道具だった彼女は、焔家を加護する龍神の力により、人の姿を得ている。

「小鈴は雪花や翠のそばにいる」

ぷうと頬《ほお》を膨らませる姿は出会ったときからなにも変わらない。

まっすぐな気性と飾らない言葉に、何度救われてきたかわからない。

翠も小鈴を友のように慕っているし、まだ喋れぬ林杏も小鈴の音色を聞くと機嫌がいい。

「もちろんよ。小鈴もついてきてくれると嬉しいわ。私の帯飾りになってくれる？」

小さな頭を撫《な》でると、小鈴は目を輝かせて歓喜の声を上げた。

「いいの？　やったあ！」

「陛下も小鈴のことは知っているでしょう？　私も小鈴が常にそばにいてくれるなら心強いわ」

自分にはこんなに愛しい家族がたくさんいる。そのことがどこまでも誇らしく、心を強くしてくれた。

きっと大丈夫。

雪花はかつて暮らした後宮へ思いを馳《は》せたのだった。

一章　月花宮への里帰り

宗国の後宮には大小合わせて三十ほどの宮と呼ばれる妃の住まいが存在している。それぞれに囲いと門があり、中には立派な邸宅がある。

屋敷の中には台所や寝所のほかにもいくつかの部屋が存在し、妃やその女官などが暮らしていた。

宮の位置や大きさこそが、妃の権力の象徴だ。

代々の皇后が暮らす鳳凰宮《ほうおう》は最も立派で女官が十数人暮らせるほど広く大きい。皇帝の執務室にも一番近く、その宮に住まうことが後宮妃最大の名誉とさえ言われている。

現在、その鳳凰宮《ほうおう》は閉ざされており住民はいない。皇后の位はいまだに空席のままだ。

「久しいわね」

後宮の奥まった位置にある月花宮は、最も小さい宮だった。

簡素な門をくぐれば、白い壁に囲まれた小さな前庭とこぢんまりとした屋敷があるのみだ。

「母上はここで育ったの？」

目を輝かせながら問いかけてくる翠に、雪花はとっさに返事ができなかった。

あまりの懐かしさに胸がいっぱいになったからだ。

「母上？」

「……ええそうよ。ここが私のふるさとよ」

雪花の世界はこの狭い月花宮が全てだった。ここで生まれ、ここで朽ちていくと信じていた頃があったなんて、今では信じられない。

雪花が降嫁《こうか》した後も手入れを欠かしていないのか、庭木は美しく剪定《せんてい》されているし、汚れたり寂れたりしている様子はない。むしろ磨き上げられているようにすら見えた。

「以前も一度だけ来ましたが……美しい場所ですね」

林杏を腕に抱いた蓮が雪花の横に立ち、月花宮をともに見上げる。

「……ええ」

もっと悲しみや苦しみに襲われるかと思ったのに、不思議なほど心は落ち着いていた。

むしろ、帰ってきたという安堵《あんど》さえ感じている。

「あのときはろくに中を見られなかったので、案内してもらえますか？」

を踏みいれたのだった。


「うん」

嬉しそうに駆け寄ってくる翠の手を取り、雪花は久方ぶりにかつての住まいへと足を踏みいれたのだった。

＊＊＊

「美しい場所ですね。奥さま、荷物はどこに置きましょうか」

大きな葛籠を抱えた夕嵐が珍しそうに室内を見回している。

「奥に納戸があるわ。その横が炊事場で、その続き間に私の女官が使っていた部屋があるの」

「では私はそこを使いますね」

てきぱきとした動きで奥に向かった夕嵐を見送り、雪花は翠と手を繋いだまま一番広い客間へ向かう。使い込まれた机と椅子以外はなにもない部屋だが、やはり埃《ほこり》ひとつない。

「食事はここで。この奥に私の母さまが使っていた部屋があるのよ」

「母上の母さまってことは……僕のおばあさま？」

「そうよ。あとでご挨拶《あいさつ》に行きましょうね」

「うん」

雪花の母が使っていた部屋の寝台は真新しい上質な布が敷き詰められており、大きな籐のゆりかごも用意されていた。風通しがよく、とても居心地がいい。

「母上の部屋は？」

「こっちよ」

母の部屋と渡り廊下を挟んだ先にあるのが、雪花の部屋だ。

寝台と鏡台、そして小さな箪笥《たんす》がぽつんとある部屋は降嫁《こうか》する前となにひとつ変わっていなかった。

箪笥《たんす》の中には真新しい衣類が揃《そろ》えられており、普剣帝の深い気遣いがそこかしこに感じられる。

「母上の匂いがする」

「そうだな」

「ええ？」

翠と蓮の言葉に、雪花は顔を赤らめる。

ここを出てもう四年も過ぎているのにそんなことがあるわけないと否定するが、夫と息子はどこかしたり顔でうなずき合う。

「雪花がここで暮らしていたのがわかる」

「なんですか、それ」

「僕、こっちで寝たい」

「ここで？」

「うん。林杏も一緒に。だめ？」

「翠がいいならいいけれど……」

ここよりも先ほどの部屋のほうがよいのではないかと思ったが、どうやら翠はこの部屋が気に入ったようだ。林杏も蓮の腕の中で嬉しそうに手足をばたつかせている。

「ならば、あとでゆりかごをこちらに運ばせよう。俺たちはあちらの部屋を使えばいい」

「そうですね」

あっというまに滞在する間の部屋割りが決まってしまった。

短い間とはいえ、困らぬようにと各々荷物を片づけていると、すっかりこの場に馴染んだ様子の夕嵐が、お茶の用意ができたと声をかけてきた。

「水瓶に新鮮な水が入っていましたし、薪《まき》や茶葉までたくさんありましたよ。冬が明けたばかりだというのに炭もたくさん。さすがに後宮ですね」

ほくほくとした笑みを浮かべる夕嵐の言葉通り、月花宮はかつて雪花が暮らしていたとき以上にものに満ちていた。炊事場にはあらゆる食材が用意されており、滞在している間に困ることはなさそうだ。

かつて使っていた椅子に座り、見覚えのある白磁《はくじ》の湯飲みに注がれたお茶を飲むと、まるであの頃に戻ったような懐かしさで目がくらみそうになる。

それでも心が乱れないのは、隣に愛しい家族がいるからだろう。

「母君の祭壇はどこに？」

どこか遠慮がちな蓮の問いかけに雪花は頬《ほお》を緩《ゆる》ませる。いつだって蓮は雪花を気遣い、慈《いつく》しんでくれるのだ。

「裏庭に新しく廟《びょう》を作ってくれているそうです」

雪花の母を祀《まつ》るための祭壇が建てられた場所は、かつて小さな四阿《あずまや》があった場所だ。そこで、雪花と母と皇子だった普剣帝はよくお茶を飲みながらたくさん話をしていた。

あの頃は、ふたりが時折交わす優しい視線の意味がわからなかったが、今の雪花にはその切ない恋情が痛いほど理解できた。

普剣帝が、そこに母の霊廟《れいびょう》を建てた意味もだ。

母と父にとって、この月花宮は唯一と言ってもよい幸せの象徴だったのだろう。

悪辣《あくらつ》な策略により引き裂かれ、添い遂げられなかったふたり。だからこそ、雪花が去った後も手入れを欠かさず、新たな妃に明け渡すこともしなかった。

（ここはそもそも冷宮だからというのもあるのでしょうけれど）

予感でしかないが普剣帝の御代のうちは、月花宮はずっとこのままのような気がしていた。

（もし、お父さまがいつか誰かを愛せる日が来たら）

翠や林杏に笑いかけている蓮へ視線を向けると、すぐに雪花にも優しい笑顔が向けられる。

愛しさが心を満たす。愛した人に愛される喜びや微笑みかけてもらえる幸せは、なににも変えることができないことを雪花は知ってしまった。

傲慢《ごうまん》で身勝手な願いだとはわかっているが、どうか普剣帝にも幸せになってほしいと雪花は願ってやまない。

そんな風に思いながらお茶を楽しんでいると、後宮までの旅路で疲れたのか、話をしている間に翠と林杏は目をこすりはじめた。

雪花たちがどこかに行く気配を察して翠は少しぐずったが、夕嵐が抱きかかえるとすぐに眠ってしまった。

育ったように思えてもまだまだ子どもだと頬《ほお》を緩《ゆる》ませた雪花は、同じく自分の腕の中で眠ってしまった林杏をゆりかごに降ろすと、夕嵐にあとを頼み、蓮と連れだって裏庭へ向かった。

「まあ……」

思わず感嘆の声がこぼれた。

以前はとりあえずという形で整えられていた裏庭だったのに、今ではたくさんの花木が植えられており、皇居の庭園に劣らぬほどの美しさになっていた。

その中央には真新しい白壁の廟《びょう》があり、青銅と金で装飾された両開きの扉が取りつけられていた。

取っ手を掴み重たい扉を開くと、中には小さな蝋燭《ろうそく》がいくつも煌々《こうこう》と輝いていた。燭台《しょくだい》にたまった溶けた蝋《ろう》から、いつも火を絶やさぬようにしているのがわかった。

「雪花、これが君の？」

「……ええ」

祭壇には大きな絵が飾られていた。ふんだんに色を使った美しいその絵を見ていると、視界が涙で滲《にじ》んでいく。

「お母さま」

在りし日の母が、そこにいた。たおやかで優しく、愛らしい女性。

これを描いた、いや、描かせた人の愛が伝わってくるような美しい絵だった。いっとう好きだった桃色の服をまとい、命を落とした日にもつけていた白梅の簪《かんざし》をつけた、母。少女のような微笑みを浮かべて誰かを見つめていた。

（お父さま）

喉が詰まり、うまく言葉が出てこない。

あの頃の雪花にとって世界の全てだった母は、父にとっても全てだったのだろう。この世を去ってもう十年以上の月日が流れたというのに、母への愛は衰《おとろ》えていないのだとわかった。

「……陛下は……本当に、君の母上のことを……」

「ええ」

溢れる涙をぬぐいながら雪花は何度もうなずく。

嗚咽《おえつ》をこぼさないようにするだけで精一杯だった。手を合わせ、長く会えなかったことを詫び、言葉をつかえさせながらも蓮と結婚したことや、翠と林杏という可愛い子らに恵まれたことを伝えた。

「あとで子どもたちも連れてくるわ。とても、とても可愛い子なのよ」

もし母が生きてここにいてくれたらどんなに幸せだっただろうか。そう願わずにはいられないほど母が恋しくなる。

「雪花」

蓮の大きな手が、雪花の手を握ってくれた。

「母君に俺も挨拶《あいさつ》させてください」

ゆるゆるとうなずくと、蓮が祭壇に向かって深く頭を垂れた。

「ご挨拶《あいさつ》が遅くなりました。雪花の夫となった焔蓮と申します。あなたの雪花は、この俺にとってなによりも尊く愛しい人です。あなたに代わり、誰よりもなによりも大切にすることを我が先祖の名にかけて誓います」

よく通る声だった。まっすぐな意志のこもった言葉に再び涙が出る。雪花の手を包む手のひらの熱さに、溶けてしまいそうだった。

この手が、自分を生かしてくれる。そう、心から信じられた。

何度も祭壇に頭を下げ、雪花たちは廟《びょう》の外へ出た。

外はわずかに日が陰っており、泣きすぎて火照《ほて》った頬《ほお》に夕暮れ時の風が心地よい。

「ひどい顔になってしまったわ」

このまま戻ったら夕嵐や翠たちを心配させてしまうと手巾で顔を押さえていると、蓮が隣で小さく笑った気配がした。

「俺の妻は、本当に泣き虫だな」

「……まあ、ひどい」

本気ではなかったが拗《す》ねた振りをして頬《ほお》を膨らませてみせると、蓮がすまないと言いながらわざとらしく手を合わせてくる。

「君を泣かせているのがバレたら陛下に殺されるな」

「あら、じゃあ泣き虫はもう卒業しないと」

「そうしてくれると助かる」

「ふふ」

こんな風に、普通の夫婦のような軽口を交わせるようになった幸せを、なにに例えたらいいのだろう。

「少し歩いてから戻ろう」

「ええ」

優しい夫に甘えるようによりそいながら、雪花は後宮の空を見上げた。

かつては狭く思えていたこの空の外には広く自由な世界が広がっていると、もう知ってしまった。

（お母さま。私、強くなるわね）

もう泣き虫で小さな雪花ではないから安心してねと、雪花は亡き母にもう一度だけ手を合わせた。

＊＊＊

翌日。

朝餉《あさげ》を済ませた雪花のもとに、数名の文官を伴った拍太監《ハクたいかん》がやってきた。

「ご無沙汰しております、公主さま」

深々と頭を下げる拍に雪花は目元を緩《ゆる》めた。

拍は普剣帝に仕える太監《たいかん》で、雪花が幼い頃からなにかと気にかけてくれた数少ない官吏だ。

「拍太監《たいかん》、久しいですね。私はすでに降嫁《こうか》した身、公主ではありません」

「いいえ、公主さまはいつまでも公主さまですよ。お元気そうでなによりです」

目尻に皺《しわ》を作り笑う拍は、最後に顔を合わせたときよりもずいぶん老けたように思う。

後宮を出てからまだたった四年しか経っていないのに、時の流れの速さを感じてしまった。

「蓮さまもお久しゅうございます」

「やめてください。俺はそのように畏《かしこ》まられる立場ではありません」

深々と頭を下げる拍太監《たいかん》に蓮が苦笑いを浮かべる。

「いえいえ。蓮さまにはいつも並々ならぬご尽力をしていただいております。公主さまの件もですが、我らは皆、蓮さまに感謝しておるのですよ」

「まいったな」

照れくさそうに頭をかく蓮の姿に、雪花が小さく笑った。

「公主さま、暮らし向きに不便はございませんか。事前に手は入れさせてもらったのですが」

「十分すぎるほどです。お気遣い感謝いたします」

どうやら月花宮が整っていたのは拍の手配だったらしい。

心遣いに深く感謝をすると、拍はいやいやと首を振った。

「いいえ。私はかつて公主さまがこの月花宮にお住まいだった頃、お助けすることができませんでした。罪滅ぼしにもならないでしょうが、滞在中はどうぞ仕えさせてください」

当時のことを思い返しているのか、拍太監《たいかん》は沈痛な面持ちをしている。

「よいのです。あなたになんの咎《とが》がありましょう」

後宮は麗貴妃《きひ》とその一派が掌握していた。皇帝である普剣帝ですら最低限の口出ししかできなかったのだ。皇帝に仕える太監《たいかん》とはいえ、拍にできたことは少ない。

「ありがとうございます。公主さまは本当にお優しい……年々、母君に似てこられますな」

「母に、ですか」

「はい。私はここに仕えて長いですからね。母君のことも、入宮した頃から存じ上げておりますよ」

「そうなんですね」

「いずれ、その頃のことを話す機会もございましょう」

懐かしいものを見るように目を細める拍には、亡くなった母の姿が見えているのだろう。

母は凶事に巻き込まれて命を落としたこともあり、封じられたあとは誰もが母について語ることを避けてきた。だから、拍がこうやって母について話すことは意外に思えた。

生きている頃の母の記憶はおぼろげだ。誰かに聞かせてもらえるという事実に、胸が躍る。

「陛下もお会いするのを楽しみにしていることでしょう」

感慨深げにうなずく拍の表情から、普剣帝と雪花の本当の関係を知っていることが伝わってきた。

「昼餉《ひるげ》のあとにまたお迎えに参ります。準備をしてお待ちください」

「わかりました」

「女官を少し置いておきますから、なにか不足があれば遠慮なくお申し付けください」

拍の言葉に応えるように、文官の後ろから年嵩《としかさ》の女官がふたりほど歩み出てきた。どちらも見覚えのない顔だ。

「彼女たちは、皇太后さまの宮からお借りしている者たちです。ご安心ください」

雪花が後宮に暮らしていた頃、麗貴妃《きひ》に追従した後宮の女官たちに虐《しいた》げられていたことを知っている拍は、古参の女官ではなく皇太后の宮から女官を連れてきた。

普剣帝の母である皇太后は、先帝の死後は寺院に身を寄せていたが、麗貴妃《きひ》が失墜《しっつい》して後宮の管理者がいなくなったことで戻ってきているのだという。

「皇太后さまも、雪花さまにお会いしたいとおっしゃっておりました」

「私もぜひご挨拶《あいさつ》したいです。ご予定を聞いておいてくださると助かります」

「かしこまりました」

そうして拍は深々と頭を下げ、月花宮から出ていった。

残された女官たちはてきぱきと働きはじめた。

翠や林杏の姿に頬《ほお》を緩《ゆる》ませている様子から、頼っても問題なさそうだと雪花は胸を撫《な》で下ろす。

「助かりました。意気込んではいましたが、後宮はお屋敷とはあれこれ勝手が違うので」

「そうでしょうね」

喜んだのは夕嵐だ。後宮は普通の住まいとは細部が異なり、やはり不便だったのだろう。女官たちに教えを請いながら、なるほどといちいち歓喜の声を上げていた。

そうこうしている間にあっというまに昼餉《ひるげ》の時間になり、雪花たちは急いで身支度を整えると皇帝の住まう本殿へ向かった。

途中に見かけた後宮の光景はやはり以前とは異なっていて、雪花は不思議な気持ちだった。

雪花に腕を引かれ、後宮の大道を歩いていた翠が周りを見回しながら物珍しそうに瞬いている。

「後宮とは広いところなのですね」

どこもかしこも壁と門だらけで、どこへ行くにも迷路のような道を歩く必要があるのが後宮だ。広く長く感じるのは当然だろう。

林杏は蓮の腕の中ですうすうと寝息を立てている。大人しくしてくれて一安心だ。

本殿に入り、奥にある皇帝の執務室へ向かう。

中では、普剣帝が机に向かって筆を走らせている最中だった。

「陛下」

その隣に控えていた拍が声をかけると、普剣帝がゆっくりと顔を上げた。

「おお、雪花」

ふわりと微笑んだ普剣帝の姿に、雪花も思わず笑みを返す。

最後に会ったのは林杏がお腹にいるときにこっそりと訪ねてきたとき以来なので、一年は経っているだろうか。

(顔色は心配していたほど悪くはないようだけれど、やはりお疲れのようね)

「陛下にご挨拶《あいさつ》いたします」

家族揃《そろ》って膝を折ると、普剣帝はよいよいと言いながら立ち上がる。

「お前たちにまでかしずかれたくはない。気楽に致せ。蓮、翠、お前たちも元気そうでなによりだ」

「恐悦《きょうえつ》至極に存じます」

「ええと……陛下にはいつも格別のお引き立てにあずかり、厚くお礼申し上げます」

蓮に続き、翠がどこかたどたどしく挨拶《あいさつ》を口にすると、普剣帝が愛しげに目を細めた。

血の繋がりはないが、普剣帝は翠のことをとても可愛がってくれている。

雪花の子なら自分の孫も同然だと、あれこれ貴重な書物などを送ってくれていた。

翠もそんな普剣帝にとても懐いており、久しぶりに会えたことが嬉しくてたまらない様子だ。

「翠は少し見ぬ間に立派になった。これからも両親の愛情に恥じぬよう、努力するのだぞ」

「はい」

「さて、そろそろ可愛い赤子の顔を見せてくれ」

普剣帝は足音を立てぬように気遣いながら蓮の腕の中にいる林杏を覗き込んだ。

すると、ずっと眠っていたはずの林杏がぱちりと目を開け、その大きな瞳で普剣帝を見つめた。

「あ……」

初めて顔を合わせる相手に泣いてしまうのではないかと、雪花たちの間に一瞬緊張が走る。だが、それは杞憂《きゆう》に終わった。

林杏がまるで普剣帝に会えたことを喜ぶように声を上げて笑ったのだ。

「おお、朕がわかるか。そうか、そうか」

心から嬉しそうに笑い、普剣帝が林杏を見つめる。

「抱いてやってください」

「よいのか？」

「もちろんでございます」

だって、あなたの孫娘ですから。

口には出さずそう瞳で訴えると、普剣帝は一瞬だけ顔をくしゃりと歪《ゆが》め、蓮の腕から林杏を受け取った。

「なんと小さい。しかし温かく、とても力強い。この子はきっと雪花に似て美人になるぞ」

林杏をあやすように器用に抱きながら、普剣帝が頰《ほお》を緩《ゆる》ませる。

心から林杏の存在を喜んでいることが伝わってきて、雪花まで嬉しくなってしまう。

しばらく林杏を腕から離さなかった普剣帝だが、周囲からの視線に恥ずかしくなったのか、しぶしぶという様子で蓮にその小さな身体を返した。

「呼び寄せてすまなかったな。月花宮では事足りているか」

「ええ。皆さま気を配ってくださってとても過ごしやすいです」

「なによりだ」

満足げにうなずく普剣帝の表情は穏やかだ。

「挨拶《あいさつ》をしたか」

「……ええ」

誰に、とは聞かなくてもわかった。

「陛下のお心遣いには深く感謝しております。母も報われることでしょう」

「ああ」

噛み締めるようにうなずく普剣帝の表情から、彼がまだ母を想っていることを雪花は悟る。

麗貴妃《きひ》の策略により、先帝の妃となってしまった母を普剣帝は今でも愛おしんでいる。

そのことが嬉しいと同時に、やはり少し申し訳なかった。

「……そういえば、ようやく妃を迎えられたとのこと、お慶び申し上げます」

妃という言葉に普剣帝の表情があからさまに陰った。

「朕もよい年だからな。そろそろ後継についても考えねばならぬ」

「皆さまにご挨拶《あいさつ》してもよろしいでしょうか」

「……そうだな。ああ、ぜひそうしてくれ」

一瞬だけなにか考えた様子の普剣帝だったが、すぐに了承した。

（どうしたのかしら）

伝え聞いた話では、妃となった三名は皆、名家の出身で見目麗しいと聞く。

てっきり良好な関係を築いていると思っていたのが、違うのだろうか。

一抹の不安を抱えながら、雪花は皇太后にも挨拶《あいさつ》に行くことを伝えた。

こちらはすぐに是と返事をしてくれる。

「母上も雪花のことを気にしていた。どうか仲良くしてくれ」

「かしこまりました」

「もっと話していたいのだが、あとが詰まっていてな。すまないが、また訪ねてきてくれ。しばらくはこちらにいるのだろう」

「お言葉に甘えて数日は滞在しようかと」

「そうか。朕も月花宮に顔を出そう。なにかあれば、すぐに拍に伝えよ」

「はい」

久しぶりの再会はあまりにも短かったが、お互いに健勝な姿を確かめられたので満足だった。

翠はまだ話したげだったが、手を引けば大人しくついてくる。

「陛下はお忙しいのですか？」

「そうね。この国をよくするためにいつもお忙しくしていらっしゃるのよ」

先帝の御代はあまりよい政治をしていたとは言えなかった。

力こそあったが、国民に圧政を強い、自分は後宮で大勢の妃をはべらせていたのだ。心証もあまりよくない。

代替わりした当初から、普剣帝には多くの期待が寄せられていたと聞く。

「陛下はとても立派な方なんだ。都だけではなく、辺境地の治水事業まで進められている。ここ数年、雨が降らずとも農作物の生産量が落ちなかったのは陛下の尽力と言えよう」

国境近くの運河付近を整備し、大きな水路を作ったことで農地の水不足はかなり解消された。

昨年は夏の暑さが厳しかったが、秋に出回った野菜や穀物の価格があまり高騰《こうとう》せずに済んだのはそのおかげだろう。

「すごいんですね！　さすが陛下だ！」

普剣帝を慕う翠が、我が事のように誇らしげに頬《ほお》を赤くさせる。

そのやりとりに周囲に控えていた文官や官吏たちまでもが嬉しそうに笑っていた。

ここは変わった。きっとこの国はもっとよくなる。

雪花は心からそう信じられた。

月花宮に戻ると、すっかり女官たちと打ち解けたらしい夕嵐が出迎えてくれた。

「夕食の食材、すごいですよ。今夜は宴《うたげ》です」

どうやら雪花たちが謁見《えっけん》をしている間に、普剣帝がいろいろと届けてくれたらしい。

「坊ちゃんの好きな花餅《はなもち》もありますよ」

「ほんとか」

子どもらしい歓声を上げた翠は、女官に手を引かれて奥の間へ案内されていった。

「おふたりもお休みになってください。今、お茶を持ってまいります」

「お嬢さまはこちらでお預かりしますね」

もうひとりの女官が再び寝入ってしまった林杏を蓮から受け取り、ゆりかごへ運んでくれた。

蓮と雪花は庭にある小さな石机を囲むように腰を下ろす。

間を置かず、夕嵐が茶を運んできた。

「頂き物の茶葉です。菓子を持ってきますのでお待ちくださいね」

机に置かれた湯飲みから立ち上る爽やかな香りに自然と息がこぼれる。

そんな雪花の背を、蓮が気遣わしげに撫《な》でてくれた。

「疲れましたか？」

「少し。緊張してしまって……ああいった場でお会いすると、やはり皇帝陛下なのだな、と思います」

こっそり焔家を訪ねてくるときはもっと気安い姿だし、伴っているのも護衛の武官数名だけだ。

しかし今日は皇帝の執務室でたくさんの官吏たちに囲まれての挨拶《あいさつ》だった。

どうしても気疲れしてしまう。

「そうですね。俺も時々忘れてしまいますが、彼は偉いんでした」

「ふふ」

芝居がかった口調に雪花は思わず笑ってしまう。

すると帯につけた小鈴も嬉しそうな音色を立てた。

「小鈴はなんと？」

「陛下が人に囲まれて偉そうで不思議だった、と」

「まあ」

精霊には人の世の理《ことわり》は関係がない。

地位や名誉や財産に精霊はなにも感じないのだ。

だから普剣帝が焔家を訪ねてくるとき、精霊たちはいつも気安く話しかけていた。

きっとそんな場所だからこそ普剣帝は足繁く通っていたのだろうと、おぼろげながらに思う。

「陛下に、林杏を会わせることができて本当によかった」

林杏を抱いて幸せそうに目尻に皺《しわ》を作る普剣帝の姿を思い出すだけで、雪花は泣きたい気持ちになる。

自分に命を与えてくれた普剣帝に次代の姿を見せることができた誇らしさと、叶うならどうか我が子を抱いてほしいという切なる願いが綯《な》い交ぜになる。

ようやく新たな妃を迎えたのだから、普剣帝が我が子を慈《いつく》しめる日もきっと近いはずだ。

明るい未来に思いを馳《は》せていると、夕嵐が鼻歌交じりにお茶菓子を運んできた。

「さすがに後宮ですね、頂く菓子まで高級品です」

「綺麗な月餅《げっぺい》ね」

「はい。女官の皆さまが、持ってきてくれたんですよ」

自慢げに皿を並べる夕嵐の様子から、雪花たちが宮を空けている間にずいぶんと女官たちと打ち解けたことが伝わってくる。

明るく人好きする性格の夕嵐に女官たちもほだされたのだろう。

皇城に勤める人々は良くも悪くも、俗世とは隔絶された暮らしをしているので、夕嵐のような性格の人間は珍しいのだ。

「いろいろとためになるお話も聞きました。今、後宮では新しく入った妃のどなたが寵姫《ちょうき》の座を射止めるかという話題で持ちきりだそうです」

「まあ」

もうそんな話まで聞き出したのかと感心していると、夕嵐は仕入れたばかりの話を自慢げに披露《ひろう》してくれた。

「まずおひとり目は貝天霞《ベイテンカ》さま。この方は貝将軍のひとり娘で、先の戦で貝将軍が功績を挙げたことへの褒賞として後宮入りが決まったそうです。妃の中では最も若く、とても天真爛漫《てんしんらんまん》だそうです。お住まいは百々花宮《ももかきゅう》」

百々花宮はこの月花宮からそう離れていない場所にある宮だ。庭園が最も広く、開けた明るい宮だったと記憶している。

貝将軍は、若くして軍を率いる名将で、様々な戦で活躍している人物だ。国民からの信頼も厚く、彼がいれば宗国は安泰だと言われているほどだ。

そんな貝将軍の娘ともなれば、後宮妃になるにふさわしい身分だと言えよう。

「おふたり目は蘇水紅《ソスイコウ》さま。こちらは蘇丞相《じょうしょう》のお嬢さまで、蛮族との交渉で活躍された蘇丞相《じょうしょう》への褒賞として後宮入りが決まったそうですよ。芙蓉《ふよう》宮にお住まいです」

「あら……貝天霞さまと理由は同じね」

「そうなんですよ」

よくぞ聞いてくれたと言うように、夕嵐が胸を反らす。

「なんでも先に功績を認められたのは蘇丞相《じょうしょう》が先だったそうなのです。水紅さまは二十五と後宮妃としては年齢が高くありますが、穏やかで聡明な方だそうで。御本人は恐れ多いと辞退したがったそうなのですが、陛下と釣り合うという数多くの後押しから後宮入りが決まったそうです。しかし、水紅さまおひとりを後宮入りさせたのでは反発が起きるからと、天霞さまも、と」

そういった力関係の絡む妃選びは昔からあった話だ。

片方だけに力が偏《かたよ》らぬように複数の妃を同時に入宮させることで、表向きは平等に扱っていると示すことができる。

特に軍部と政治の関係はどちらかが強くなれば、バランスが崩れてしまう。

天霞と水紅を同時に入宮させたのは英断と言えよう。

「では、もうひとりはどなたなの？」

「郭春碧《カクシュンヘキ》さまです」

「郭……聞いたことのないお名前ね？」

国内の有力貴族の中に、郭という家門があったという記憶はない。焔家で読んだ歴史書にも出てこなかったように思う。

「郭家は隣国に本家を構える一族で、二代ほど前に宗国にやってきました。歴史は浅いですが、今は飛ぶ鳥を落とす勢いで成長している豪商です」

「商家の方なのね」

「はい。私もかつては仕事をしたことがありますが、それはもうやり手ですよ」

「俺も聞いたことがある。都に大きな店をいくつも構えているな」

蓮も記憶にあるらしく、そういえばと大きくうなずく。

「以前、仕事でその店のひとつに行ったことがあるが、確かに繁盛していた」

「すごいですね」

「今の当主……春碧さまの父上が娘を後宮に入れたいと以前から嘆願していたそうなのです。なのでいっそのこと、この機会に後宮に迎えてはどうかとなったそうです。

お住まいは竜胆《りんどう》宮になります」

なるほど、と雪花は納得する。

それほどの勢いがある豪商ともなれば、取り込んでおきたいのが本心だろう。

軍部に文官、そして豪商の娘。なんと煌《きら》びやかな妃たちだろうか。

「皆さまそれぞれに美しく、一体誰が最初に陛下のお手つきになるかと女官たちは騒いでいるそうです」

「え……」

夕嵐がこぼした言葉に、雪花が動きを止める。

なにかとんでもないことを聞いてしまった気がするし、それを頭が理解できなかった。

「待って。陛下はまだどなたのところにも足を運んでいないの？」

「そうなんですよ。もちろん挨拶《あいさつ》は済ませてますし、昼間にお訪ねになることはあるそうなのですが、これまで一度も陛下は後宮で夜を明かしたことがないそうなんです」

思わずくらりと目眩《めまい》がしそうだった。

ようやく普剣帝が妃を迎えたと安心していたのに。

「実際お忙しいようですが、そろそろ半年ですからね。皆さまずいぶんとやきもきされているようでした」

それはそうだろう。後宮に皇帝が来ないなど、一大事だ。

誰もが世継ぎを望んでいるのに、肝心の普剣帝が動かないのであればなにも進まない。

「まあ男女の仲は人が口を出しても仕方ありませんからね。陛下にもお好みがあるのでしょう」

「知ったような口を……喋りすぎだぞ」

蓮にじろりと睨《にら》まれ、夕嵐が慌てて背筋を伸ばす。

「すみません。つい、面白くて」

「お前な……」

「後宮は女の園とは聞いてましたが、予想以上にいろいろあって面白いですね。後宮にいる間に、ひと目でもお姿を見てみたいものです」

怒られているというのに悪びれない夕嵐の態度に和《なご》みつつも、雪花はなんともいえない不安を抱えた。

（先ほど、お父さまの様子がどこかおかしかったのはそのせいなのね）

妃について話を振ったときに見せた一瞬の動揺の正体が、ぼんやりとだが見えてくる。あれは、後ろめたさから来るものだったのだ。

（お父さま……）

本来ならば早く三人の妃との間に子どもを作らなければならない。愛情ではなく、皇帝としての急務である。

普剣帝は一体なにを考えているのだろうか。

後宮に来たことで晴れたはずだった心に、わずかな雲がかかったような気がした。

＊＊＊

そんな憂鬱《ゆううつ》な気持ちに拍車をかけるような出来事が起きたのは、翌日のことだった。

朝早く、蓮宛てに手紙が届いた。

真剣な表情でそれに目を通していた蓮は、手紙を畳むと長く息を吐いた。

隣でそれを見守っていた雪花は、嫌な予感がして蓮の顔をじっと見つめる。

「蓮？　どうしたのですか？」

「……すまない雪花。急な仕事が入った」

ひどく申し訳なさそうな顔をする蓮に、雪花は首を振る。

道士という仕事柄、蓮でなくてはならない仕事が突然舞い込んでくることがある。

後宮に来ることが決まったときも、その可能性については話し合っていたから驚いてはいない。

だが、気にかかるのは蓮の態度だ。

「仕事なら仕方ありませんよ。なにがあったのですか？」

「少々ややこしい事態が起きた」

深刻な口調に、雪花は息を呑む。

「実は、国から命を受けて焔家が管理を任されている祠《ほこら》があるんだ」

そんな話は聞いたことがないと驚くと、蓮が苦いものを噛んだような顔をした。

「命を受けたのは建国の頃で、俺も話を聞いたことがある程度で詳しいことは知らないが、とても危険な道具を封印しているそうだ」

ずっと昔。もっと精霊と人が近かった時代には、今以上に強力な力を秘めた道具が存在していたという。

当時の焔家当主は時の皇帝の命を受け、その道具たちを祠《ほこら》に封印した。人の手に余る道具は、破滅を呼ぶ。この国を守るために必要な措置《そち》だったと蓮は語った。

「そんなに危険なものなのですか？」

「朱柿《シュシ》がかつて俺たちを呪ったようなことがたやすくできるようなものもある、といえばわかるだろうか」

血が凍るような恐怖に襲われた。

あのとき、焔家の精霊たちは消滅しかけたし、蓮や翠も命を落とす寸前だった。

あんな恐ろしいことがまた起きたらと考えるだけで、身体が震える。

「この手紙は、その封印の一部が消滅したという知らせだ」

「……！」

それはとんでもないことではと青ざめると、蓮が暗い顔でうなずいた。

「祠《ほこら》は別の道士一族が管理していて、人が立ち入らぬように何重にも結界を張っていると聞いていたが……どういうわけか祠《ほこら》の内側にある封印が破壊されたらしい」

「なにがあったのでしょうか」

「警備に関わるから手紙には書けないようで、とにかく来てほしいと。それに……」

「それに？」

まだなにか悪い知らせがあるのかと雪花が表情を曇《くも》らせると、蓮が迷うように何度か口を動かしたあと、意を決したように言葉を発した。

「どうやら、道具の一部が消えているらしい」

「……！」

「封印の消滅と道具が消えたことが関連しているかは、この手紙からではわからない。

だが、無関係とは思えない」

消えた道具が封印を破壊したのか、それとも何者かが道具を奪うために封印を破壊したのか。

どちらにしても恐ろしい事態だということはわかった。

「一体なにが消えたのですか」

蓮が疲れたように首を振る。

「わかりません。わかっていないのか、手紙に書けないのか……とにかく、急ぎ現地に行く必要がある。俺が聞いている限りでも、あの場所に封印されている道具は使い方次第では国を滅ぼしかねない」

いつも冷静な蓮から余裕が感じられない。

その場の空気が冷えていくような恐怖に、雪花は唾を呑み込む。

「雪花。俺は林杏たちが生きる時代を守りたい。今すぐ行かねば」

「蓮……」

決意を秘めたその横顔に、蓮の意志の固さを悟る。

「君はここに残るべきだ。俺抜きで屋敷に戻るのは危険だし、屋敷に君と子どもたちだけとなれば陛下も心配する」

「そう、ですね……」

不安がないと言えば嘘になる。

だが蓮が言うように、城の外よりも後宮内に留まっていたほうが安全だ。

以前は雪花を疎《うと》んだ麗貴妃《きひ》がいたが、今の後宮は普剣帝の管理下にある。安心できることも間違いない。

「もしものときのために、小鈴に術をかけておこう」

「術、ですか？」

「会話をできるようにするのと、一度だけ人の姿に転じることができる力を込めておく。危険を感じたら小鈴に念じてくれ」

言いながら、蓮が帯飾りについた小鈴を優しく撫《な》でた。

りん、と涼しげな音がして小鈴の本体が淡く光った。同時に、鈴の音に交ざって可愛らしい声が耳に届く。

「雪花、雪花！」

嬉しそうな声音にこちらまで気持ちが弾みそうだった。

「小鈴」

「やっとお喋りできる。嬉しいなぁ」

蓮がいなくなる寂しさがほんの少しだけ和《やわ》らいだ。

優しく小鈴の本体を撫《な》でると、蓮がその手を柔く包む。

「小鈴の声は、雪花や翠など精霊に好まれる性質の者にしか届かないようになっている。だが、稀《まれ》に生まれながらに勘がいい者もいるので、話しかけるときは気をつけて。小鈴も雪花に呼ばれたとき以外は喋ってはいけない」

「はぁい！」

明るい声に頬《ほお》をほころばせていると、不意に蓮が目を伏せた。

「蓮？」

「小鈴が人に転じれば、俺に知らせが来る。そのときは、なにがなんでも駆けつけると約束する。逆にもし、小鈴の声が途切れたときは陛下に助けを求めてくれ」

ひゅっと喉が鳴った。

ひどく恐ろしいことを言われているのがわかったからだ。

「どういう意味ですか」

「やむを得ず俺がこの術を継続できなくなったら、小鈴の声が途切れる。大きな術を使う反動だと思ってくれ」

それはどんな時なのかと問いかけたくなるのをぐっとこらえ、雪花は包まれたままの手をきつく握る。

「あとはこれを」

握った手になにかを渡される。見ると、それは小さな腕輪と色の違うふたつの小さな勾玉《まがたま》だった。

勾玉《まがたま》は蒼と薄紅でとても可愛らしい。腕輪は繊細《せんさい》な作りをしており、よく見れば勾《まが》玉《たま》と同じ色の小さな石がはめ込まれていた。

「俺の力を込めた守り珠だ。蒼を翠に、薄紅を林杏に。子どもたちの身になにかあれば、これが守ってくれる。もし珠の力が使われれば、腕輪の石が砕ける」

「いつのまにこんなものを……」

「後宮に戻ると決まったときに。使わないのが一番だと思って渡すのを迷っていたが……作っておいてよかった」

蓮はいつだって雪花たちを愛し、守ろうとしてくれるのだ。

その優しさと深い情に胸が詰まる。

「必ず帰る。どうか待っていてくれ。そして一緒に帰ろう」

伝わってくるぬくもりに胸が締めつけられる。

蓮が行こうとしている場所は、きっと危険なのだろう。

だが、蓮は仕事としてだけではなく、この国を守るために向かおうとしている。その原動力となっているのが、自分たち家族であることが誇らしく、同時にとても寂しい。

「……わかりました。待っています」

「必ず戻ってきます」

「はい」

きっと大丈夫。

信じる気持ちを込めて、雪花は強くうなずいたのだった。

二章　宗国の三妃

蓮が後宮を出て僻地《へきち》に向かって、数日が過ぎた。

忙しい普剣帝とは直接会えなかったが、蓮を僻地《へきち》に送ったことを何度も詫びる言葉が書かれた手紙が届けられた。

月花宮にいる間は必ず守ると約束してくれたことは、とても心強かった。

拍がつけた皇太后の女官に加え、まだ後宮に入って日の浅い女官も数人寄越してくれたため、生活に不便はない。

最初は戸惑っていた翠はすぐに月花宮の暮らしに慣れ、普剣帝が手配してくれた学士から勉学を教わっていることもあり、生き生きとしていた。

小鈴が喋れるようになったことで、雪花の気もかなり紛れている。

だが林杏は、大好きな父親がいなくなったことを敏感に察知したのか、なかなか寝つかずに夜泣きを繰り返していた。

女官たちの手がなければ、大変なことになっていただろう。

（林杏が生まれてから、蓮が数日家を空けることはなかったものね）

雪花を慮《おもんぱか》ってなるべく家にいてくれたのだ。それにどれだけ助けられていたのかを実感する。

女官たちは自分たちに任せてくれればいいと言ってくれるが、母親として気になるのは仕方がないことで、寝不足気味の雪花はついぼんやりとしてしまうことが多かった。

「奥さま、顔色が悪いですよ。大丈夫ですか」

「大丈夫よ夕嵐。林杏はどう？」

「お嬢さまなら今はよく寝ています。昼間は明るいし、人気があるので安心するんでしょうね」

「よかった」

その知らせにホッと胸を撫《な》で下ろしていると、月花宮の門のあたりがなにやら騒がしくなった。

「なにごとでしょうか」

「さぁ……？」

まさか普剣帝が来たのかと腰を浮かしかけると、慌てた様子でひとりの女官が駆け寄ってくる。

「雪花さま。その、お客さまがおいでです」

「お客さま？　どなたかしら」

今の後宮に雪花を知る人はほとんどいないはずだ。いたとしても訪ねてくるような間柄の相手に心当たりはない。

「それが……天霞さまです」

告げられた言葉に雪花は大きく目を見開き、それから夕嵐と顔を見合わせたのだった。

＊＊＊

「はじめまして、天霞さま。雪花と申します」

「妾《わらわ》は貝天霞。陛下が妃のひとりよ。そうかしこまらないで雪花殿。妾《わらわ》のことは気軽に姉上とでも呼んでおくれ」

朱色に塗られた可愛らしい口でそう告げるのは、普剣帝の妃のひとり、貝天霞だ。

長く艶《つや》やかな髪に小さな顔。くりくりと大きな瞳は吸い込まれそうなほど美しい。艶《あで》やかな朱色の衣を羽織り、結った髪を珊瑚《さんご》の髪飾りで彩っている。

（なんて愛らしい方）

天霞は雪花とそう年が変わらないはずだが、大きな瞳のせいかずっと幼く見える。

背も雪花よりも小さく、とても小柄だ。

まだ少女と呼ぶのにふさわしい風貌《ふうぼう》にもかかわらず、着ている衣装は豪華で簪《かんざし》もずいぶんと重そうだった。

「姉上などと……私は降嫁《こうか》した身です。恐れ多く存じます」

「妾《わらわ》がよいと言っているのだ。気にするでない。そちは、陛下が最も寵愛《ちょうあい》している妹公主と聞いておる。どうぞ仲良くしておくれ」

にっこりと微笑みを浮かべる天霞から、雪花はすぐに彼女がなにを望んでいるのか気がつく。

(私と親しくなって、陛下との繋がりを深くしたいのね)

今の後宮で普剣帝ともっとも繋がりが深いのは雪花だろう。

実母である皇太后も在宮しているが、一度は僧院に入った身であることから、皇太后はあまり人と関わらぬように過ごしている。普剣帝とも最低限しか顔を合わせていないというからよほどだ。

蓮がいなくなったあとでやってきた女官たちから聞いた話によれば、後宮妃となった貝天霞、蘇水紅、郭春碧たちはまとめて三妃と呼ばれており、すでに派閥《はばつ》争いが起きているのだとか。

特に天霞はその言動が最も目立っており、いつもたくさんの女官たちを引き連れているという。

（確かにとても華やかな方。お若いからかもしれないけれど、自信に満ちていらっしゃるわ）

雪花とは真逆の存在であることがわかる。

家族に愛されて育ち、己の価値をしっかりと理解しているのが伝わってきた。

内側から光が滲《にじ》み出ているような美しさがあり、まるで太陽と対峙《たいじ》しているような気分になってくる。

「雪花殿の夫は道士と聞いているが、どのような暮らしぶりなのか？　屋敷は都の外れと聞いているが、不便はないのか？」

話しかけてくる口調は、雪花と親しくなりたいというよりも、好奇心を抑えきれない少女のようだ。

自分が知りたいこと、興味のあることを矢継ぎ早に尋ねられ、雪花は戸惑いながらも言葉を選んで返事する。

「私はこの後宮の暮らししか知りませんので、ほかと比べようもありませんが、不自由なく穏やかに過ごさせてもらっております。夫も私をとても大切にしてくれていますよ」

「そうなのか？　公主であればもっとよい家に嫁ぐこともできただろうに……」

雪花が蓮と結婚したのが普剣帝の命であることを知らないのだろう。

天霞は始終不思議そうに首を捻《ひね》っていた。

良家の娘は、生家での暮らし以上のものを与えてくれる男のもとに嫁ぐのが最上の幸せだと教わって育つ。

雪花も幼い頃はそう聞かされていたことを、おぼろげながら記憶していた。

(貝家といえば、軍部の名門。天霞さまはきっと大切に育てられたのね)

探るような瞳で雪花を見つめてくる天霞からは、悪意や敵意のようなものは一切感じない。

とにかく雪花のことを知りたいと全身で訴えているのを見ると、まるで仔猫の相手をしているような気持ちになり、くすぐったかった。

「ときに雪花殿。陛下はどのようなお人柄なのだ?」

「えっ?」

「つ、妻としては陛下の好みも知っておきたいのじゃ。陛下は公務が忙しく、なかなか後宮においでにならない。もし、いらっしゃったときにはすぐにお迎えの準備をしたい」

ほんのりと頬《ほお》を赤く染めて語る天霞の様子からは、本心から普剣帝に気に入られようとしているのが伝わってくる。

「陛下は甘い物がお好きなんですよ」

「そうなのか」

「はい。ですので、果実の蜜漬けなどを作っておけばいつでもお出しできるかと」

「なるほど。それはいいことを聞いた」

瞳を輝かせた天霞は早速近くにいた女官になにやら言いつけていた。

それからもほかにはなにが好きだとか、なにを好むだとかを根掘り葉掘り尋ねられる。

同年代の女性と話す機会にこれまで恵まれなかった雪花は、その勢いに当てられながらもせっせと答えを返した。

（これで天霞さまと陛下が親しくなってくれれば）

いつ何時、なにがきっかけでふたりが親しくなるとも限らない。

まだ短い間ではあるが、顔を合わせて話をした天霞は明るく、雰囲気は悪くない。

年の差はあるが、幼すぎるというわけでもないし、むしろこれくらい前向きなほうが普剣帝とは合うのではないかと、雪花はぼんやり考えた。

「……」

「？」

不意に強い視線を感じて顔を上げると、天霞がまっすぐに雪花を見つめていた。

「あの、なにか？」

「……雪花殿は陛下によく似ておられる」

「えっ」

その言葉に、雪花は驚きすぎて思い切り裏返った声を上げてしまった。

「最初はそう感じなかったが、近くで見てみると本当に面影がよく似ておいでだ。母親違いの兄妹でもこんなに似るものなのか」

感心したようにうなずく天霞の視線に、雪花はなんとかぎこちなく微笑みを返す。

これまで雪花は母に瓜ふたつ、皇族らしい顔立ちではないと言われ続けていた。

（私が、お父さまに？）

その一言に心が沸き立つほどの嬉しさを感じてしまう。

「ありがとうございます。私は陛下を心からお慕いしておりますので、とても嬉しいです」

「兄妹仲がいいというのは本当のようだ。妾《わらわ》ならば兄に似ていると言われてもちっとも嬉しくないのに」

感謝を告げた雪花の態度が意外だったのか、天霞が少し不満そうに唇を尖《とが》らせる。

その仕草はまだあどけなく、彼女の若さを如実に伝えてきた。

「天霞さまにもお兄さまが？」

「ああ。ふたり。長兄はすでに妻も子もおり、父に代わり家を切り盛りしている。次兄は父と一緒で、軍部に入って毎日泥にまみれている。ふたりとも立派な人だけれど、いつも妾《わらわ》を子ども扱いするのだ。妾《わらわ》をいくつだと思っているのか」

ふんと拗《す》ねたように頰《ほお》を膨らませる仕草はとても愛らしい。

「それは天霞さまが愛らしい御方だからですよ」

「妹が可愛い、という気持ちはわかるのだけれどなぁ……」

不意に天霞の表情が曇《くも》る。

先ほどまでの太陽のような表情とは違い、なにかを憂《うれ》いているような悲しげな面差しだ。

「天霞さま……？」

「ああ、すまぬ。気にしないでくれ」

だがそんな表情も一瞬で消えてしまう。

そのあともお茶を飲みながら普剣帝にまつわるいろいろな話をし、気がついたときにはかなりの時間が経過していた。

天霞は大切に育てられた令嬢だからか、全身から自分への自信がみなぎっているが、さっぱりした性格なのが話していて伝わってくる。

（想像していたよりもずっと素敵な方だわ）

父親である貝将軍の功績だけではなく、彼女自身にも後宮妃に選ばれるだけの素質があるということなのだろう。

「そろそろお暇《いとま》しよう」

立ち上がる仕草まで華やかな天霞はどこか満足げだった。

「話ができてよかった。陛下のこともいろいろ教えてくださって助かったぞ」

「こちらこそ。ぜひまたいらしてくださいね」

素直にそう告げると、天霞は一瞬驚いたように目を丸くし、それからふわりと微笑んだ。

「では、お言葉に甘えてまた顔を出そう。この後宮は美しいけれど、あまり娯楽がなくて。雪花殿が遊び相手になってくれるのなら嬉しい」

弾んだ声音に、それが社交辞令でないことが伝わってくる。

後宮は女の園と言われているが、ここに入った女性たちはよほどの理由がなければ外に出ることも叶わない。

立場を使えばどんなものでも手に入るが、どこにも行けない籠《かご》の鳥。

ひとたび陛下の妻となれば二度と元の暮らしに戻ることは許されない。

それはきっと苦しいことに違いないと、雪花は天霞のこの先に思いを馳《は》せた。

だが予想に反し、天霞は艶然《えんぜん》と微笑んだ。

「せっかく後宮妃になったんだ。妾《わらわ》はここを楽しみたいと思っている」

それは先ほどまで見せていた表情よりもずっと大人びて見えた。

「楽しみたい、ですか」

「ええ。妾《わらわ》はずっと陛下に憧れていた。あの方はこの国をよい方向へ導いてくれた素晴らしい方だ。妾《わらわ》は陛下を支えたい」

ほんのりと染まった頬《ほお》と輝く瞳。

その横顔からは、憧れよりも強い感情が伝わってくる。

（もしかして……）

てっきり政略的な事情だけで後宮入りしてきたと思っていたが、天霞は望んでここに来たような気がした。

思いがけない気づきに雪花が驚いていると、天霞の表情が少しだけこちらを探るようなものに変わった。

ほんの少しの恥ずかしさが混じったような年相応の表情に、雪花は瞬く。

「そういえば、雪花殿には御子がいるのだろう？　赤子は男の子か？」

「娘です。今は眠っているのですが、今度はぜひ顔を見にいらしてください」

「そうか。うん、ぜひ」

天霞は嬉しそうにうなずく。

（子どもが好きなのかしら）

もしそうなら、きっと良い母になるだろう。

なにか大きく運命の変わる予感を抱きながら、雪花は天霞を見つめたのだった。

＊＊＊

それから数日後。

月花宮の中に飽きたと言いはじめた翠を連れ、雪花は後宮の薬草園に来ていた。

ここはかつて雪花が後宮に住んでいた頃に時折訪れていた場所だ。

普段は月花宮から出ることはなかったが、この薬草園だけは別だった。

先々帝に仕えていた薬師が作ったというこの薬草園は、後宮に住む者なら誰でも使っていい、という決まりがあり、十分な食材や薬を与えてもらえない雪花には大切な場所だった。

熱を出せば熱冷ましを、怪我をすれば傷薬を。

簡単なものではあったが、仕えてくれた女官や太監《たいかん》に教わって自分でも作っていたものだ。

「母上、すごいですね」

「本当ね」

薬草やついでに植えられた花たちが一斉に咲き誇っている。

後宮に住む人たちのほとんどは医官や医女と繋がりがあるため薬草を使うことは少ないのか、ここで人に会ったことはない。

それでも薬草が枯れずに育っているので、きっと管理をする人間がいるのだろう。

「林杏にも見せたいな」

「ふふ。今度連れてこようね」

林杏は夕嵐とともに月花宮で留守番だ。

いくら陛下に許しを得ているとはいえ、夕嵐は平民の男性。後宮をむやみにうろつくのはよく思われない可能性があるという配慮もあったが、夕嵐自身も広い後宮を出歩くのは少し不安だというので留守を頼んだのだ。

「なにを摘んで帰るの？」

「黄色い花のついた薬草よ。葉っぱが少しギザギザになっているでしょう」

手を伸ばして示したのは、ほかの薬草よりも一回りほど背丈の低い薬草だ。小指の先ほどの黄色い花がたくさん咲いている。

「これを乾かしてお茶にすると、すごく優しい香りがするの。気持ちを穏やかにする効果があるのよ。林杏はまだ飲めないけど、香りを嗅《か》がせるだけでも落ち着くはずよ」

「わかった！」

瞳を輝かせた翠がせっせと薬草を摘んで、手持ちの小さな籠《かご》に入れていく。その真剣な表情に、雪花は思わず頬《ほお》をほころばせる。

林杏の夜泣きで女官たちが疲れている姿を見た雪花は、この薬草園を思い出したのだ。

母が死んでしばらくの間、悪夢にうなされることが多かった雪花に、女官の明心《メイシン》はよくお茶を淹れてくれた。

優しい香りと爽やかな味わいのおかげで、よく眠れたのを覚えている。

翠に話したように林杏に香りを嗅《か》がせたいこともあるが、毎日世話をしてくれる夕嵐や女官たちにも振る舞いたいと考えたのだ。

「母上、これで足りる？」

いつのまにか、薬草で籠《かご》はいっぱいになっていた。

差し出されたそれを受け取り、雪花は翠の頭を撫《な》でる。

「ありがとう。十分よ」

「じゃあ帰ろう。みんなに早く飲ませてあげなきゃ」

「そうね」

手を繋いで一緒に歩き出そうとした、そのときだった。

「あら……もしかして、雪花さまでしょうか」

涼やかな声が薬草園に響いた。

振り返ると、水色の衣を羽織ったほっそりとした女性がそこに立っていた。

華美な飾りは身につけていないのに、気品のある顔立ちのせいか、立っているだけで華やかな雰囲気だ。

そばには数名の女官と武官が付き従っていることから、とても高貴な立場の女性であることがわかる。

「そうですが、あの……あなたは？」

「ご挨拶《あいさつ》が遅れました。私は蘇水紅と申します」

しずしずと頭を下げる仕草は流れるようで、はっとするほど美しい。

思わず見蕩《みと》れていた雪花だが、慌てて水紅に頭を下げた。

「私のほうこそご挨拶《あいさつ》が遅れてすみません。私は雪花、この子は焔翠。私の息子です」

翠の背中を優しく撫《な》でながら紹介する。

「焔翠です。蘇水紅さまにご挨拶《あいさつ》申し上げます」

「ご挨拶《あいさつ》に感謝します」

水紅は翠に微笑みかけると、大人にするように礼を返してくれた。

（なんて綺麗な人）

口調は穏やかで、声はなんともいえない甘さを含んでいる。

挨拶《あいさつ》をされた翠がほんのりと頬《ほお》を染め、水紅に見蕩《みと》れていた。同性ではあるが、雪花もその気持ちはわかる。

「いずれ挨拶《あいさつ》にうかがおうと思っていたんです。もしよろしければ、今からでも私の宮にいらっしゃいませんか？」

どうしようかと迷いながら翠を見ると、濃紺の瞳が期待するように雪花を見上げた。きっと行きたいのだろう。ほかの宮に入る機会など、そうそうないことだ。

「わかりました。帰りが遅くなると留守を預かる者が心配するので、私の宮に使いを出していただけますか？」

「もちろんです」

嬉しそうにうなずく水紅に促されるまま、雪花は彼女が暮らす芙蓉《ふよう》宮に招かれたのだった。

＊＊＊

先帝の時代にも使われていた芙蓉《ふよう》宮はとても艶《あで》やかな内装だった。

長く主がいなかったとは思えないほどよく手入れされており、あちこちに花の香りが漂っている。

（ずいぶんと様変わりしたのね）

以前ここに住んでいた寵姫《ちょうき》のことを雪花は覚えていた。

雀《ジャク》妃という名をもらっていた彼女は、小柄で愛らしい顔立ちをしており、陛下にずいぶん可愛がられていたと記憶している。

名前の由来は孔雀《くじゃく》の羽を模した宝石のついた扇《おうぎ》を常に持ち歩いていたことだ。

裕福な商家の出身で、同じ年に入宮した妃たちを従えるような立場にあり、いつも下位の妃を連れて歩いていた。

なぜそんなことを覚えているかと言えば、麗貴《きひ》妃と対立していた彼女は、たった一度だけ雪花を助けてくれたことがあったからだ。

しかしそれは決して雪花を哀れんだものではなく、先帝に自分の情け深さを見せつけるための演技で、雪花が先帝に忘れられた公主だと知ると、すぐに手のひらを返してここから追い出した。

その姿を思い出すと当時の恐怖で身体が強ばる。

雀妃は先帝が崩御《ほうぎょ》した後、子どももいなかったため、生家に戻されたと聞いている。

普通なら一度妃になった女性は、後宮で生きるか僧院に身を寄せるかしか許されないが、先帝があまりに多くの妃を抱えていたことを理由に、帰る家がある者は後宮を出されたのだ。

（朱柿……）

蓮の伯母だった女性を思い出す。

伯父が戦で死んだことを理由に焔家を出されて生家に帰った彼女がたどった道は、あまりにも壮絶なものだった。

よかれと思って生まれた場所に帰したところで、それが本人の幸せには繋がるとは限らないことを雪花はあの件で深く学んだ。

後宮を出された先帝の妃たちは一体どうしているのだろうか。

よい思い出は少ない。彼女たちを恨《うら》んでいないと言ったら嘘になる。だが、不幸になれとも思わない。

（どうか皆、心安らかに生きていてほしい）

ずんと重くなる気持ちに目を伏せる。

そんな雪花の気持ちを察したかのように、水紅はお茶やお菓子を振る舞い、優しく接してくれた。

働く女官たちは、水紅が生家である蘇家から連れてきた者が多く、雪花や翠に親切だった。

翠は月花宮とは違う芙蓉《ふよう》宮の様子に興味津々で、あちこちきょろきょろと見回している。無作法だと注意すべきかと迷ったが、ここで声をかけるよりも帰ってから言い聞かせるべきことだろう。

「雪花さまは陛下のご寵愛《ちょうあい》が深い妹君とのお噂ですから、ぜひお話をしたかったんです。陛下が喜んでくださるようなことがあれば、ご教授いただきたいのですが」

天霞と同じようなことを言われ、雪花は皆考えることは一緒だと感心してしまった。妃となったからには皇帝の寵愛《ちょうあい》を勝ち取ることは生きる術だ。使えるものはなんでも利用するのが当然だろう。

（でも、こんなに美しい方なら会ってお話しするだけでもよいような気がするけれど）

水紅は天霞よりも普剣帝と年が近い。きっと話も弾むことだろう。

だが雪花はそのことを口にせず、天霞に教えたのと同じことを水紅にも話して聞かせた。

彼女はそのひとつひとつに嬉しそうに聞き入り、噛み締めるようにうなずいていた。

ある程度話が終わると、お互いの身の上話になる。

飽きて足をぶらつかせはじめてしまった翠は、女官に連れられ、庭園へ案内されていった。

どうやらこの宮の女官たちはとても気が利くようだ。

水紅は雪花の母が凶刃に打たれて命を落としたことを、文官である父親から聞き及んでいたらしく、心から労りの言葉をかけてくれた。

また焔家の存在や伝承も聞き知っており、雪花の降嫁《こうか》についても素晴らしいことだと声をかけてくれた。

「我が家は代々文官を輩出してきた家門ですが、母は身体が弱く、私を産んだあとに亡くなりました。父は後妻を迎えたのですが子ができず。私が婿《むこ》を取って家を継ぐことになったのですが、お相手が病で……」

言葉を途切れさせた水紅の表情に哀しみが混ざる。

病が原因で破談になったのか、それとも相手が命を落としたのか。どちらにしろ、結婚を控えた花嫁には過酷なことだ。

「それは……お察しします」

うまく言葉を見つけられずに労りの言葉をかけると、水紅は緩《ゆる》く首を振った。

「昔のことです。一度そういったことがあると、縁起が悪いといって縁談がまとまりにくくなります。父はほうぼう手を尽くしてくれたのですが、中々お相手が決まらず年ばかり重ねて……」

珍しい話ではない。結婚相手に不幸な去られ方をした花嫁を嫌がる家は多いのだ。不条理なことだが、信心深く古い家門ほどその傾向は強い。

「それで結局は私の従兄弟が家を継ぐことになったのです」

水紅の従兄弟は彼女よりもふたつほど年が若いが、蘇家の人間らしく優秀で勤勉な青年だという。

すでに皇城に仕官しており、ゆくゆくは高官になるに違いないと評されている。

「従兄弟が家を継ぐと決まったとき、私は家を出るつもりでした。僧院に身を寄せるか、どこか静かな場所で暮らすか……ですが、父が私を不憫《ふびん》がって……」

従兄弟に家門を継がせる代わりに、ひとり娘である水紅には将来苦労をさせない約束をさせたのだという。

だが従兄弟が妻を迎えると、やはり家にはいづらくなってきた。従兄弟の妻となった蘇家の嫁は、水紅が家にいることをあまり喜んではない様子だったという。

「別に恨《うら》んではいません。彼女にしてみれば、当主の妻として嫁入りしたはずなのに、私がいるせいで女主人としては振る舞えないのです。ですから、後宮入りの話が出たときはとても嬉しかったんです」

ほんのりと頰《ほお》を高揚させた水紅の表情が生き生きと輝き出す。

「まさかこんな機会に恵まれるなんて思っていませんでした」

「水紅さま……」

胸に手を当て、うっとりと目を伏せる姿はとても美しかった。

どうやら水紅も心から後宮入りを喜んでいるらしい。

「陛下は才能ある者たちを、身分を問わず重用してくださる方です。才能ある人は、正しく評価され、その評価にふさわしい扱いをされるべきだもの」

「そうですね。陛下は、この国をよくしようといつもお考えですから」

「私も、そのお手伝いがしたいのです。雪花さまもどうかお力添えください」

「もちろんです」

雪花が微笑みとともにそう答えると、水紅も嬉しそうに笑みを返してくれたのだった。

＊＊＊

月花宮に帰った翠は、興奮した様子で芙蓉《ふよう》宮のことを夕嵐や女官たちに話して聞かせていた。まだ言葉のわからない林杏にまで話していたので、よほど刺激的だったのだろう。

その日の夜、林杏よりも興奮した翠の寝かしつけに、摘んできた薬草茶が早速役立ってくれたのだった。

（あとお会いしていないのは、郭春碧さまね）

豪商である郭家の令嬢である春碧は、なんとなくだが、自分から雪花を訪ねてくることはしない気がした。

天霞も水紅も、武官と文官の家門という違いはあれど、貴族の生まれだ。

後宮での正しいふるまいや礼儀には詳しいし、親の支援もあるだろう。

妃となった彼女たちは元公主である雪花よりも立場は上なので、訪ねてきたり招いたりなどは無礼には当たらない。

だが郭家は商家の一門。許可を得ず元公主を訪ねるのは憚《はばか》られると考えている可能性がある。

（私から訪ねてみるべきかしら）

すでに三妃のうち、二妃とは会話を交わしている。

ひとりとだけ交流を後回しにすれば、いらぬ勘ぐりをされる恐れもあるだろう。

そんなことで、と考える人もいるだろうが、ここは後宮。

この場所で生まれ育った雪花は、ほんの少しの油断さえ命取りになることを知っている。

もしこれがきっかけで春碧が軽んじられることがあれば、三妃のバランスは一気に崩れてしまう。

（後宮は陛下にとって心安らぐ場所であってほしい）

優しく真面目な普剣帝のことだ、後宮内で無駄な諍《いさか》いや軋轢《あつれき》が生まれれば足が遠のかないとも限らない。

（蓮がいない今、私にできることをしよう）

この機会に雪花が後宮にいることは、きっとなにかの縁なのだろう。

雪花は文箱から筆と紙を取り出した。

挨拶《あいさつ》が遅くなったことの詫びとどうか仲良くしてほしいという文を書き、残っていた薬草茶を添えて朝一番に女官に届けさせた。

返事はすぐに帰ってきた。

商家の令嬢らしいきっちりとした文字で書かれた手紙には、ぜひ会いたいという言葉とともに、今日の午後に桃園でお茶をしないかという誘いが書いてある。

桃園は後宮の外にあるが、警護の武官さえ伴えば後宮妃も入れる場所だ。

管理をしている官吏の目もあるため密談には向かないが、その代わり常に誰かの目があるので安心して話せる場所でもある。

（もしかして警戒されているのかしら？）

お互いの宮や後宮内では人目がなく、強い者の意見がまかり通ってしまう。

気兼ねなく話せる場所ではないところを指定されたのを考えると、春碧は雪花に圧力をかけられると案じているのではないか、と思えたのだ。

なんとなく嫌な予感を抱きながら、雪花は手紙に書かれた時刻に桃園へ向かった。

＊＊＊

皇城の桃園の桃は、食用ではなく神事や薬の原料として使われるため、とても大切に扱われている。

それに桃には邪気を払う力もあると言われており、後宮のあちこちに植えられていた。

桃園の樹木はすでに花の季節が終わり、青々とした葉が茂っていた。

それでもほのかに甘い香りを感じるのは桃ならではだろう。

「先帝が公主、雪花さまにご挨拶《あいさつ》申し上げます。郭春碧でございます」

恭《うやうや》しい仕草で頭を下げたのは春碧とその女官たちだ。

若草色の衣に身を包んだ春碧は、天霞とも水紅とも違った雰囲気を持つ女性だった。

（なんというか……とても安心感のある方ね）

透けるような白い肌はつややかで、ふっくらとした唇は桃色の紅で濡れていた。どこを触っても柔らかそうな肉感的な体つきに加え、ほのかに垂れた眦《まなじり》が印象的な愛《あい》嬌《きょう》のある顔立ち。

今日初めて会ったというのに、つい気さくに声をかけたくなってしまいそうなほど朗らかな雰囲気をまとっている。

「まさか雪花さまからお手紙を頂けるとは思いませんでした。後宮に里帰りされているのは存じておりましたので、いずれはご挨拶《あいさつ》を、と思っていたのですが、なにぶん私は商家の育ち。お誘いするのに無礼があっては申し訳が立たないと思って学んでいる最中だったのです」

話しかけてくる口調は気安いのに、なぜか嫌な感情をまったく抱かせない。

それは春碧が常に雪花の目を見て話をしているからだと気がついた。

弧を描く口元には小さな黒子がひとつあり、大人っぽい色気をまとっていた。

「お噂通りとても可愛らしい御方ですね。陛下が溺愛《できあい》されるわけです」

「そんな……陛下は私を哀れに思い、情けをかけてくださっているだけですわ」

「なにをおっしゃいます。陛下には数多《あまた》の妹君がおられますが、里帰りを望まれたのは雪花さまだけ。それだけでも、陛下のご寵愛《ちょうあい》の深さがわかります」

そんなことまで知っているのかと少し驚くと、春碧が悪戯《いたずら》っぽい笑みを浮かべた。

「ふふ。商売人にとって情報は金子《きんす》よりも重要なものなので、つい集めてしまうのですよ」

商売にとって相手を知ることは最も大切なことですから、と春碧は付け加える。

「たとえば傘を何本も持っている相手に傘を売りに行ってても買ってはくれません。ですが、傘を壊したばかりの人のところへ出向けば、間違いなく買ってもらえます」

「たしかに」

「相手がなにを持っているか、失っているか。そういったことを知るのは生きていく上でとても大切なことなんですよ」

幼子に説くような言葉遣いに、雪花はかつて蓮に様々なことを教わったときのことを思い出した。

後宮を出て焔家に降嫁《こうか》した雪花はなにも知らなかった。蓮が様々なことを教えてくれたから、雪花は今ここにいられる。

（そうか。この方の口調は蓮に似ているのだわ）

飾ることなくしっかりと本心を伝えようとしていることがわかるのだ。

曖昧《あいまい》な言葉で本心を隠そうとする貴族らしさがない春碧に、雪花は好感を抱いた。

「雪花さまは、ほかの二妃さま方同様に、私にも陛下のお好みを教えてくださるおつもりだったのでしょう？」

「本当になんでもご存じなのですね」

「幼い頃から父に鍛えられましたので、性分ですね。後宮妃となった以上は商売などしなくてもいいのに、つい」

ぺろりと小さな舌を出してみせる仕草に、雪花はつい声を上げて笑ってしまった。

「お気遣い感謝します。こうやって会いにいらしてくださっただけでも、光栄です」

「……私がお伝えしなくてもいろいろと知ってらっしゃるのですね」

春碧の口調や表情からそれは十分に伝わってきた。

そもそもこの桃園を指定されたときから雪花は薄々気がついてはいた。

誰の目があるかわからない場所で、皇帝の嗜好に関して軽々しい発言などできない。

貴族の暮らしに疎《うと》い春碧とはいえ、さすがにそれくらいはわかっているはずだ。

なのになぜここを指定したのか。

「春碧さまは本当に私に会いたいだけだったのですね」

「ええ」

満足げにうなずく春碧に、雪花は少しだけやられた、と感じた。

(ここで私が春碧さまとお茶を飲んだことはすぐに広まるわ。むしろ、ほかの二妃よりも親密だと思われたかも)

ほかのふたりと会ったのはそれぞれの宮なので、お互いの女官以外に人目はない。

どんな雰囲気で話をしていたかなど、噂になることもないだろう。

だが、ここでのやりとりは不特定多数の目に触れる。春碧と雪花が親しく話をしていたという噂は、すぐに普剣帝に届くに違いない。

（賢い方なのね）

貴族のやり方ではないが、とても効果的な方法だろう。

「おみそれしました。私の心配など、余計なお世話でしたね」

「いえいえ、とんでもない。雪花さまの優しさにとても助けられましたよ。文を頂けなければどうしようかと本当は少し不安だったんです。私から手紙を出せば、それはそれでいらぬ詮索《せんさく》を生みますから」

ほんの少しだけ春碧の表情に陰りが混ざった。

「ご存じの通り、私は商家の娘で高貴な身の上とは言えません。私が後宮入りしたことをよく思っていない人はたくさんいるんですよ」

「そんなこと……」

「いいえ。天霞さまと水紅さまはご家族の活躍が認められて後宮入りされましたし、その血筋は間違いなく尊いものです。対してこの私はしがない商家の出。金でこの地位を買ったと言われても否定はできません。実際、そうですから」

淡々とした口調に哀しみは感じない。自分の立場を冷静に把握しているのが伝わってくる。

「私がほかのおふたりと一緒に後宮入りしたのは、父が成り上がったということもありますが、私の幼馴染みが皇城に勤めておりまして。後宮妃を探すという話が出たときに、私を推薦してくれたのです」

「まあ、そうなんですか」

それは知らなかったと驚くと、春碧は悪戯《いたずら》っぽく笑った。

「私がここにいることで、我が生家はつつがなく商売を続けられるでしょう。それが私にとってなによりの望みなのです。騒ぎを起こすような真似などできません」

ふわりと微笑んだ春碧の表情はどこまでも大人びている。

「ですから雪花さまが私を気にかけてくださったことがなにより嬉しいんです。商家の出だからと無下《むげ》にすることもできたのに、水紅さまとお会いになってすぐに手紙をくださって……ありがとうございます」

「いいえ、そんな……」

そんなに感謝されてしまうと逆に申し訳なくなってくる。

これほどしっかりとした考えを持っている春碧なら、きっとこの後宮でもうまく立ち回れるはずだ。

「今日もこの桃園にまで足を運んでくださって、助かりました」

「いいえ。ここでお会いしておけば、皆にも私たちが会ったことが伝わるというのはよくわかりました」

「まあ、確かにそれもあるのですが……」

そこまで言うと春碧は不意に唇を止め、あたりをちらりと見回した。

「春碧さま？」

どうしたのだろうと雪花が首をかしげると、春碧が身体を屈めて顔を寄せてきた。

「……今、後宮の中でよくない噂が広がっているのをご存じですか？」

「えっ……」

不穏な気配に雪花は息を呑む。

春碧はさらに声をひそめ、言葉を続けた。

「この後宮で人が消えているです」

とても小さな声だというのに、その声はやけにはっきりと雪花の耳に届いた。

その場の空気がわずかに重くなったように感じる。

「実は下働きの女官が数名、行方不明になっているのです」

驚きで声を上げそうになった雪花に、春碧が静かに、と首を振った。

「いなくなったのは私たちの後宮入りに合わせてやってきた若い女官ばかり。全員、姿を消す前にひとりだったことだけわかっているそうです。仕事が辛くて抜け出した可能性もありますが、誰も生家に帰っていないのは確認済みです」

すでに春碧はしっかり調べているのだろう。女官たちの素性や、消えた日時まで把握しているらしい。

「女官長たちや警備兵たちはただの脱走だと思っているようですが、私はそうは思いません」

「……なにかがあったと？　でもどうして」

「商売人の勘、ですかね。そんなわけですから、雪花さまもどうぞお気をつけください。おひとりで出歩いてはいけませんよ」

予想もしていなかった話を聞かされた雪花は、瞬きも忘れて春碧を見つめていたのだった。

＊＊＊

「聞いてきました。本当に女官が姿を消していますね」

月花宮に戻った雪花は、夕嵐に噂について調べてくるように頼んだ。

話しやすく誰に対しても気さくな夕嵐は、月花宮の女官たちとすでにずいぶん打ち解けているらしく、すぐに話を聞き出せたらしい。

「最初は三ヶ月ほど前のことですね。同じところで働いていた二名が同時にいなくなったそうです。ですが、誰もが脱走だと思ったようで、特に捜されることもなかったとか」

「そう……」

後宮という場所に憧れて働きに来る女官は多い。

だが実際に勤めてみれば、仕事量は多く上下関係は厳しい。守らねばならぬ秘密や決まりも多いため、家族に手紙を出すことも許されない。

妃付きの女官にならない限り、とても大変な仕事なのだ。

そのため、入宮してすぐに逃げ出す女官は一定数いる。

先帝の御代では脱走した女官には追っ手がかかり、必ず捕まえられて処罰を受けていた。

だが普剣帝はそのようなことはせず、逃げる者を追う必要はないという御布令を出したのだ。

そのため、最初のふたりは入って日が浅かったこともあり、ただの脱走として処理されたという。

「ただ、その次に姿を消した三人目だけは少し様子が違いました。彼女は料理の腕が認められ、厨房付きの女官になることが決まっていたそうです。同じ房で寝起きする女官たちに自慢げに話をしていたのに、翌朝まるで煙のように姿を消したと」

「それはいつのことなの？」

「ちょうど私たちがこの後宮に来る直前です」

本人も望んでの栄転だったので、その直前で姿を消すのはあまりにも不自然だと噂になったらしい。

駆け落ちなのではないかという説もあったが、特定の相手がいたという話もない。

本当に煙のように消えてしまったそうだ。

「どうして騒ぎにならないのかしら」

「間隔は短いですし、たしかに奇妙ではありますが、脱走自体は珍しいことではないからでしょうね。女官はたくさんいますから。それに、今は三妃のだれが陛下の寵愛《ちょうあい》を得るのかに皆が熱中していますから」

「そう……」

「一応、それぞれの生家に便りは出しているようですが、だいぶ田舎らしく返事はまだないそうで」

夕嵐もそれ以上のことはわからなかったらしい。

むしろこの短い間によくこれだけのことを調べてきたものだと感心してしまう。

「ありがとう夕嵐。助かったわ」

「いえいえ。人と話をするのは楽しいですから」

人好きする爽やかな笑みを浮かべる夕嵐に、雪花はほっと目元を緩《ゆる》ませる。

「……小鈴、これまでなにか話を聞いてない？」

帯飾りについた鈴を撫《な》でながら尋ねると、りんと涼やかな音が響く。

「特になにか言いたそうな子はいなかったかなぁ」

どうやら小鈴にも心当たりはないようだ。

「でも精霊は人のあれこれには興味がない子が多いから、聞かないと教えてくれないかも」

「そうなのね……」

精霊は気まぐれだ。

小鈴のように焔家で人の姿を得た精霊は人間に協力的だが、自然発生した精霊たちは自由なので己から話したがらないことも多いという。

「ここは不思議な場所だよね。人間が好きな精霊もたくさんいるけど、嫌いな精霊もたくさんいるよ。でも呪いに転じるまで堕《お》ちてはないみたい」

さらりと恐ろしいことを告げた小鈴に雪花は言葉を失う。

「大丈夫だよ。後宮の道具たちは蓮さまがちゃんと話して聞かせてるから、雪花をいじめたりしない」

「蓮が？」

「そうだよ。蓮さまはね、言葉が通じる古い道具にはちゃんと雪花のことを見守るようにお願いしたんだよ。雪花になにかあったら守ってあげてって」

じわっと胸の中が熱を持つ。

いつだって蓮は雪花を大切に想っていてくれる、守ろうとしてくれる。

深い愛情に包まれていることが離れていても感じられた。

「蓮さまがいれば道具にも話を聞けたかもしれないけど……」

「いいのよ。もしなにか教えてくれる道具がいたら知らせてね」

「うん！」

(春碧さまのお言葉を信じるなら、これはなにかの事件の可能性がある。でも証拠はなにもない)

不安な気持ちは否めないが、騒ぐだけの理由もない。

(蓮がそばにいてくれれば……)

雪花ではなにをどう調べればいいのか見当もつかなかった。

そもそも本来後宮の住人ではない雪花が口を出す問題でもないだろう。

こんなとき、無力な自分が嫌になる。

「とにかく、これからしばらくひとりで宮の外に出るのはお控えください。坊ちゃんたちもです。用心するに越したことはありませんからね」

「そうね。夕嵐は翠と林杏をお願いね」

「もちろんです」

胸を叩く夕嵐に頼もしさを感じながら、雪花は空を見上げた。

この後宮はすっかり変わり、平和になったと信じていたのに。

（もうなにも起こらなければいいけれど）

そう願いながらも、気持ちが完全に晴れることはなかった。

＊＊＊

「雪花殿。花飾りを持ってきたぞ」

明るい声が月花宮に響く。

「天霞さま。わざわざありがとうございます」

「よいのじゃ。そうだ、林杏は起きているか？」

「ええ。今日はご機嫌ですよ」

女官を引き連れてやってきた天霞の表情が、ぱっと明るくなる。

雪花が春碧と顔を合わせてから数日後、天霞は約束通り月花宮に訪れた。

ちょうど起きていた林杏を見た天霞は、それ以来頻繁《ひんぱん》に月花宮を訪れるようになったのだ。

三妃に会ったことで、雪花の暮らしぶりはずいぶん変わった。

蓮がいないことや、消えた女官のことで悩む間もないほどだ。

普剣帝は相変わらず後宮とは距離を取り、どの妃とも閨《ねや》をともにしていないのが現状だということは雪花の耳にも届いていた。

雪花もこの状況を憂《うれ》いてはいるが、だからといって口を出すわけにもいかない。

元公主という立場で皇帝に意見ができるわけもない。

できることといえば、こうやって妃たちと交流をすることだけだ。

「おお、林杏。大きくなったなぁ」

「先日も会ったばかりではないですか」

「いやいや、赤子はすぐに大きくなるものだ。林杏は雪花殿に似て愛らしいゆえ、きっと美人に育つぞ」

目元をほころばせながら林杏を見つめる天霞の表情はどこまでも優しい。

来るたびに林杏に会いたがる姿からは、演技ではなく本心から慈しんでいるのが伝わる。

「天霞さまは御子がお好きなんですね」

「……ああ」

わずかに含みのある返事だった。

最初に会ったときも感じたが、天霞は子になにかしらの思い入れがあるようだった。

聞くのは簡単だが立ち入る話ではないような気がして、雪花は深く尋ねることはしていない。

（水紅さまも、翠や林杏に優しいのよね）

天霞のように頻繁《ひんぱん》に訪ねてくることはないが、水紅も折に触れて子どもたちに贈り物を届けてくれる。

雪花への機嫌取りだと女官たちは思っているようだが、届く品々からは深い愛情が感じられた。

また水紅は、これまで妃がいなかったことでおざなりになっていた催しを積極的に復活させ、後宮の活気を取り戻そうとしていた。

後宮妃が主導して行う催しは貴族間の交流を助けるだけでなく、それに携《たずさ》わる商家や下働きの者たちへ仕事を与えることにもなる。

そういう視点をこれまで持ってこなかった雪花にとって、水紅の行いは目が覚めるものだった。

皇族だから貴族だからといって、宴《うたげ》を開き、装飾品を買い集めるのはただの贅沢《ぜいたく》だと思っていたが、そうではないのだ、と。

銀子を動かし、人々に仕事を与えるのも上に立つ者の大切な役目なのだと。

「よしよし、眠たくなったか？」

腕に抱えた林杏をあやす天霞もまた、後宮のためにあれこれと手を尽くしている。

これまで後宮の警護兵は育ちのよい貴族の子息であったり、見目麗しい武官ばかりが選ばれていた。それは麗貴妃《きひ》が後宮を牛耳っていた頃からはじまった悪しき慣習だったそうだ。

後宮の警護は大変な仕事ではあるが、戦に出る武官よりは危険が少ない。

後宮に配属された者たちは、厳しい戦場にある武官たちとの間に溝ができたり、見目麗しい若い武官を見世物のように楽しむ妃や女官たちのからかいに耐えられなかったりして、早くに辞めてしまうことも多かったという。

天霞は父親である貝将軍からそのことを聞き及んでいたらしく、早速改革に乗り出した。

退役が近い者や、傷を負って一時的に前線に出ることができない武官など、能力や経験はあるものの、様々な事情で前線での活躍が難しい者たちを警護の任にあてたのだ。そのおかげで後宮の風紀もよくなったし、軍部との関係も改善してきた。

ふたりの行動力には感心するばかりだった。

公主として生まれながら、ただ引きこもって生きていた自分の不甲斐なさを思い知らされる。

「雪花殿、どうした？」

眠ってしまった林杏を女官に預けた天霞が、心配そうに覗き込んできた。

暗い表情になってしまったと雪花は慌てて笑顔を作る。

「いえ……あ、そういえば大通りの修繕《しゅうぜん》はずいぶん進んだようですね」

「そうだな。工事も終盤といったところだ」

少々強引ではあったが、話題を変えることには成功したらしい。

「しかしまさか後宮の修繕《しゅうぜん》を自費で行うとは。さすがは豪商の郭家というところだろうか。春碧殿も豪快なことをする」

「本当に」

今、この後宮は春碧の指導により大がかりな修繕《しゅうぜん》工事が行われている。

『長く閉じられていた後宮は、ずいぶんあちこち傷んでおります。このまま放置しておけば皇族の威信《いしん》に関わりますし、どうぞ修繕《しゅうぜん》の許可を頂きたく存じます』

そう皇太后に嘆願したという話を聞いたときは、さすがに驚きを禁じ得なかった。

皇太后は自分の持つ影響力を鑑《かんが》み、三妃とは関わらないようにしていると聞いていた。そんな皇太后宛に、春碧は手紙で改修工事の許可を求めた。

先帝の崩御《ほうぎょ》後、ほとんどの妃や女官が後宮を出てしまったため、どの宮も使われることなく放置されていた。

不思議なもので、住民のいない場所はあっというまに朽ちていくものらしく、目の届かないところはかなり寂れていたとか。

春碧はその状況を憂《うれ》い、私財を使っての大改修をはじめたのだ。

「彼女が後宮入りしたのはこのためでもあったのかもな。郭家は以前から皇族との深い繋がりを持つために金を出したがっていたが、陛下は理由もなく一商家から受け取るわけにはいかないと断っていたという」

特定の家門から金を受け取れば様々な憶測を生むし、我も我もと金を出したがる家が増え、面倒なことになってしまう。

普剣帝はそういった権利絡みのやりとりをなにより疎《うと》んでいることから、頑《かたく》なに郭家からの支援金を断っていた。

「だが妃となれば別だ。妃は陛下のもの。陛下のために全てを投げ打って尽くすのが務めだ。春碧殿が持参金代わりに後宮の改修をしたところで、誰も文句は言えない」

「なるほど……」

涼やかな春碧の顔を思い出す。

ほかのふたりとは少し違った印象を持ったのは、そのためだったのかもしれない。

「したたかな方であるが、やり方はとても賢い。妾《わらわ》も見習わねば」

自分に言い聞かせるような天霞の言葉に、雪花もまたうなずいた。

皆、自分にできることで普剣帝やこの国に貢献しようとしているのだ。

（やはり、一度陛下に会うべきかもしれない）

おこがましいとは思うが、今この状況を打破するために動けるのは雪花だけかもしれない。

普剣帝がなにを思い、考えているのか。

それを確かめるべく、雪花は普剣帝に会いたいと願い出たのだった。

＊＊＊

「すまないな、こんな時間に。変わりなく過ごしているか」

「おかげさまでつつがなく過ごしております。お時間を取らせてしまってすみません」

燭台《しょくだい》の灯りだけが照らす室内。

もう夜も更けたというのに机に向かっている普剣帝の姿に、雪花は眉を下げる。

「お忙しいのですか？」

「……そうだな。だが、まだまだやるべきことは多い」

「あまりご無理をなさらないでください。陛下が身体を壊したら大変です」

即位してからずっと、普剣帝はこうやって働いてきたのだろう。

無理をしてほしくないと思うが、こうやって努力を重ねているからこそこの国が平和なのだという事実も同時に思い知る。

「いいや。民たちのことを思えばこれくらい……ところで今日はどうした」

皇帝の顔から優しい父の顔になった普剣帝が、雪花に座るように促す。

向かい合わせになるように用意された席に腰を下ろすと、優しい微笑みが向けられた。

顔色はやはり悪く、疲れが滲《にじ》んでいる。

なにより、いつもは強い光を宿している瞳が昏《くら》く沈んでいるのが気にかかった。

「蓮のことか？　引き離すような形になってすまないと思っている。十分な警護もつけているし、手伝いの者もいるからきっと大丈夫だ」

「ご配慮に感謝します。蓮は必ず帰ると言ってくれました。私はそれを信じて待つだけです」

「そうか……お前たちはよい夫婦になったのだな」

目を細める普剣帝の姿からは深い愛情が感じられた。

雪花が生まれてから。いや、雪花が母の中に宿ってからずっと、こうやって想ってくれていたのだろう。

「陛下が……お父さまが繋いでくださった縁です」

「いや。朕のしたことなど、わずかだ。お前たちは自らお互いを選んだ。それがどれほど嬉しいことか」

「お父さま」

父としての優しい言葉に心が温かくなる。

初めは命じられた降嫁《こうか》だったことが、今では遠い昔のようだ。

誰かを愛し愛されることでしか得られない幸せを与えてくれたのが、父であったことがなによりも嬉しい。

だからこそ、普剣帝には妃たちとよい関係を結んでほしい。

そして今度こそ、己の子をしかと自分の腕に抱く幸せを味わってほしいのだ。

「焔蓮はよい男だ。朕はあれに人生を諦めてほしくなかった。そしてお前にも幸せになってほしいと望んでいた。ふたりが手を取り合ってくれたことが、この朕にどれほどの喜びをもたらしたか。その上、あのような愛らしい子まで産んでくれて……」

笑顔が、わずかに歪《ゆが》む。

「あれが生きていれば、きっと泣いて喜んだろう」

それが誰を指すのか、雪花には痛いほどわかった。

「……お父さまは、まだお母さまのことを……?」

問いかける雪花の声も震えていた。

母が死んだ日の夢はもう久しく見ていない。

だが喪失の痛みは今でも心の中にしっかりと残っている。

「そうだな。今でも朕に……いや、私にとっての最愛は彼女だけだ」

机の上で握られた拳は色をなくしていた。

普剣帝もまた、母が死んだ日のことを思い出しているのだろう。

「お前の母が……彼女の命が無残にも散らされたあのとき、私は一度死んだのだよ、雪花」

「そのような」

「本当だ。だがそれは二度目の死だった。最初は、父に奪われたときだ。彼女を妻にできるのなら、皇帝の位などほかの兄弟に渡してもよかったのだ。ふたり慎ましく暮らせるならそれでよいとさえ思っていたのに」

母と恋仲になったとき、普剣帝はまだ一皇子でしかなかった。それに母は身分の低い家の娘で、普剣帝の母とは対立関係にあった麗貴妃《きひ》の女官だった。

なにもかもが許されない恋だったに違いない。

「せめて彼女がなに不自由なく暮らせるように、お前が不幸にならぬようにと願っていた。だが、結局は私が無力だったゆえに、お前たちを苦しめてしまった。彼女が死んだとき、本当は私も命を絶つべきだったのだ」

「やめてください！　どうしてそんなことをおっしゃるのですか」

あまりにも悲壮な口調に、雪花は泣きそうだった。

いつも優しく朗らかな普剣帝がこんなにも心を弱らせるなど、一体なにがあったのか。

立ち上がった雪花はそのそばに駆け寄り、その背中を撫《な》でた。

「雪花。私は怖いのだ。お前の母を忘れてしまうのが。彼女が私に与えてくれた優しさだけが、ずっと支えだった。だが、最近ではその影さえおぼろげだ。ようやく麗貴《き》妃《ひ》を追い出して仇《かたき》が討てた、そう思っていたのに、どうして私の心は晴れないのだ」

「あ……」

普剣帝の心に差す影の理由を、雪花はようやく理解した。

きっと父は、母を奪った麗貴妃《きひ》をずっと憎んでいたのだ。

雪花を拐《かどわ》かして蛮族に売ろうとした罪により、彼女はとうとう妃の座を追われた。

欲望のために身勝手な行いを繰り返し、たくさんの人を虐《しいた》げた麗貴妃《きひ》と、それに従っていた瑠《ル》親王《しんのう》は、皇族であるがゆえに処刑されることはなかったが、今は生きるよりも辛い境遇にいる。

雪花はもうそれだけで十分だと思っていた。彼らを恨《うら》んで生きるには、残りの人生は長すぎると。

「まだ、彼らを？」

「いや……そうではない。私はあれで終わると信じていた。実際にあのときに終わったと思えた。だが時が経つにつれ、この先なにを支えに生きていけばいいのかがわからなくなってしまったのだ」

唸るような声だった。

「この国を守っていく責務を捨てる気はない。彼女を選べなかった己の弱さを贖《あがな》うためにもだ。だが、今はなにもかもが虚《むな》しく、同時に恐ろしい」

「お父さま……そんな、そんなことって」

「すまない雪花。不甲斐ない父を許してくれ」

かける言葉を見つけられず、雪花は普剣帝の背に抱きついた。

立派な服の下はすっかり痩《や》せており、雪花の心を刺す。

「私がいます。お父さま。お望みなら、ここに戻ってきますから」

「いや、お前を幸せにするのはすでに私の役目ではない。ここにお前の幸せはない。どうか、焔家で幸せになってくれ。蓮ほどお前を愛し慈《いつく》しんでくれる者はおらぬ。お前が子を成し、幸せでいてくれる今を私は確かに喜んでいる」

「だったら……」

どうして、と続けようとした言葉を遮《さえぎ》るように、普剣帝の手が雪花の頭を撫《な》でた。

「雪花、お前の母を忘れることが私は怖い。皇帝として妃を迎え、後継を残す大切さは十分すぎるほど理解している。だが妃たちに寵愛《ちょうあい》を与えることで、彼女との日々が薄れることが怖いのだ」

視界が一瞬で涙に濡れた。

「わかっている。死人は戻ってこない。私が前を向くべきだということも。妃として後宮に招いた以上、彼女たちをこれ以上放置し続ければ私も父と同じになることもわかっている。だが、今しばらく時間が欲しい」

優しく言葉を紡ぐ普剣帝に、雪花は涙をぬぐいながらうなずく。

「雪花。お前はどうかこのまま幸せでいてくれ。その幸せを守ることが、私の……朕の生きる糧なのだ」

駄目だとも、やめてとも言えなかった。

父には父の幸せを貫いてほしいのに、それを雪花が願うことがどれほど酷なことなのかを、苦しいほどにわかっていたから。

幕間　辺境の祠《ほこら》にて

辺境近くにある切り立った谷間を、蓮は黙々と歩いていた。

元は巨大な滝があったというその場所は数十年前の地震の影響で水が涸《か》れており、干からびた岩が転がるばかりだ。

(ずいぶんと静かな場所だ。生き物や草木だけでなく、精霊の気配すらない)

「道士さま。この先はもっと足元が悪くなります。どうか気をつけてください」

歩く兵士が振り返って声をかける。

額には汗が滲《にじ》んでおり、訓練を積んだ彼らにも過酷な場所なのだと伝わってきた。

「まだ先ですか」

「いいえ、あと少しです」

その返答に、蓮の後ろに続く道士たちが安堵《あんど》にも似た息を吐き出す。

だが表情は暗いままだ。

蓮もまた、唇をしかと引き結ぶ。

この先には自然が生んだ深い洞窟が存在している。

洞窟までの道のりには、この土地の管理を任された道士一族による結界が幾重にも張られており、許可を得た者しか進めないようになっていた。

洞窟の奥には小さな祠《ほこら》があり、その中には焔家の祖先が封印を施した道具たちが保管されている。

その封印は、以前ここにあった滝の力を借りて結ばれたものだと記録にあった。

滝が涸《か》れて以後、緩《ゆる》やかにほころんでいた可能性が高い。

その隙を突いて何者かが道具を奪ったのか、それとも道具自体が意志を持って逃げ出したのか。

どちらにしても、これは自分の失態だと蓮は感じていた。

（もっと早く来るべきだった）

滝が涸《か》れはじめたのは父の代だったという。

父は自分で封印を施せないとわかっていたからか、なんの手段も取らず記録にも残さなかった。

せめて伝えてくれさえいれば手の施しようもあったのに、まるでそれを拒んでいたような意志すら感じる。

先祖返りで強大な力を持って生まれた蓮を、父は死ぬまで疎《うと》んでいた。

父が死に、蓮が焔家の当主になったときに得た記録にはたくさんの抜けがあった。

故意に紛失や破壊したとしか思えないものばかりで、当時の蓮はひどく失望したものだ。

（それほどまでに俺が憎かったのか）

当主として立ち回るため必要なことは精霊たちの助力で補ったが、この祠《ほこら》のことは問題ないだろうと放置していたのだ。

もし一度でも様子を見に来るなり調べるなりしていたら、こんなことにはならなかったろうに。

後悔に心が染まりかけたが、後宮で帰りを待つ家族の顔を思い浮かべてなんとか耐える。

（雪花）

出立する蓮を不安そうな顔で見送っていた雪花の姿を思い出す。

本当なら焔家に連れて帰るべきだったのだろうが、守りが手薄な屋敷よりも人の多い後宮にいたほうが安全なはずだ。

皇城の主である普剣帝は雪花をなにより溺愛《できあい》している。

自分以外に雪花を託せるとしたら、普剣帝だけだ。

（雪花や翠、林杏のためにも、この封印を失敗するわけにはいかない）

祖先が封印を施した道具のほとんどは、人の手に余るものばかりだった。

人の心を思いのままに操る音色を奏でる琴や、魂を吸い取る壺、記憶を消し去ってしまう筆、天候を操る鏡。

かつて神と精霊と人の境目が曖昧《あいまい》だった頃に作られた、今では呪物とさえ呼ぶべき恐ろしい道具たち。

（まだなにが消えたのかはわかっていない。だが、もし人に害をなす道具が誰かに盗まれたのであれば……）

最悪の想像に、体温が下がる。

封印の存在は限られた者しか知らない。偶然人がたどりつく場所ではないし、結界もある。

確実にここを捜し出して目的のものを奪うなど、常人には不可能な所業だ。

「焔殿……我々だけの力で再度封印することが、できるのでしょうか」

不安そうな声で問いかけられ、蓮は首を振る。

「できるかできないかではなく、やらねばならぬことです」

消えた道具の行方も気になるが、まずは残っている封印を強固にすることが急務だ。

道具が誰かの手に渡り、新たな災いの元になることだけは防がなければならない。

悪用しようとする者が現れれば、きっと誰かが苦しむことになる。

（……朱柿のように）

蓮の伯母だった朱柿は、焔家の道士が加護を込めた刀を憎しみのままに使い、呪いの道具に転じさせた。

その結果たくさんの人たちが苦しみ、蓮や雪花の命まで危険にさらしたのだ。

あのときの恐怖は一生の傷となって蓮の心に残るだろう。

居場所をなくした翠を我が子として引き取ったのは、贖罪《しょくざい》の思いもあった。

父が居場所を奪ってしまった朱柿によって虐《しいた》げられた翠を慈《いつく》しむことで、自分が救われたかったのかもしれない。

だが翠の存在は、蓮の価値観そのものを変えた。

守り慈《いつく》しみ育てる喜びを、翠は教えてくれた。

翠がいたからこそ、蓮は雪花との間に子を設ける覚悟ができたのだ。

(林杏)

蓮が血を分けた、唯一の娘。

そして、愛する雪花が産んだ命。

(どうかあの子は平穏に生きてほしい)

焔家に流れる龍神の血は祝福であり、呪いだ。

かつて龍に愛された焔家の娘を粗末にした者たちの末路は、伝承が伝えている。

強すぎる力は災いを呼ぶものだ。

今のところ林杏に道士の力の片鱗《へんりん》はない。

このままなんの力も発露しなければ、と切に思う。

不思議なことに、焔家の娘は力を持っていたとしても、他家に嫁いだ彼女たちが産んだ子どもには龍の力が受け継がれない。婚姻により焔家と縁が切れるからだろうと言い伝えられている。

焔家に生まれ焔家に育たねば、龍は加護を与えない。

ずいぶんと気が早い話だが、林杏はいずれ焔家からどこかに嫁ぐことになるだろう。そうなれば、本当の焔家は蓮の代で途絶えることになる。

（だが、それでいいのだろうか）

ずっと前から決めていたことだが、今は少しだけ迷っている。

今回のように焔家の力が必要になる日がまた来るかもしれない。それほどこの国の根幹に焔家が関わっていることを、ようやく自覚させられた。

己の勝手な願いで祖先が繋いできた歴史や役目を途切れさせることへの罪悪感と、いつか己のように強すぎる力を持つがゆえに親に憎まれる子が生まれてしまうのではないかという恐怖。そのふたつの思いが心に渦巻く。

「焔殿？」

「……すまない、少し考え事をしていた」

声をかけられ、蓮は小さく頭を振った。

先のことを考えても仕方がない。今は自分にできる最大限の努力をするだけだ。

「あれです！」

兵士の声に顔を上げると、指さす先に洞窟が見えた。

先の見えぬ真っ暗な穴を睨《にら》みつけながら、蓮はきつく拳を握り締める。

「斥候《せっこう》の知らせによれば、洞窟内にある祠《ほこら》が破壊され、記録されている道具がひとつ消えているとのことです」

「それはなんの道具なのでしょうか」

盗まれた道具の詳細は、漏洩《ろうえい》を防ぐためにここに来るまで聞かされていなかった。ほかの道士たちも同様なのだろう。固唾《かたず》を呑んで動きを止めている。

問われた兵士は手元の紙へ目を落とす。そして読み慣れぬ文字ゆえに戸惑った様子ながらも、ゆっくりと口を開いたのだった。

「――――」

三章　消えた官吏の呪い

それを雪花が聞かされたのは、夕餉《ゆうげ》のときだった。

林杏はすでに乳母の手によって子ども部屋へ運ばれ、翠もまた寝衣に着替えるために女官が連れ出しており、食堂には雪花と夕嵐と食事番の女官だけ。

その女官も食器を下げるのに忙しいのか、雪花たちの会話は耳に入っていない様子だった。

食後のお茶を運んできた夕嵐が、そういえば、と切り出したのが話のはじまりだ。

「例の件を調べているうちに妙な噂を聞いたんです」

夕嵐の言う妙な件とは、女官たちが相次いで姿を消している件だ。

幸いなことに三人目が姿を消して以降、失踪《しっそう》する女官はおらず、やはりただの逃亡が重なっただけではないか、と噂は終息しつつある。

だが胸騒ぎが収まらない雪花は夕嵐に頼んで情報を集めてもらっていたのだった。

「妙な噂？」

「はい。実は、消えた女官はある官吏の呪いに苛《さいな》まれたのではないか、と」

その一言に雪花はびくりと身体をすくませる。

呪いとは、精霊やそれを使役する道力を悪用した呪法だ。使った者も使われた者も不幸にする恐ろしいものである。

雪花はかつて呪いにより何度も苦しめられてきた。

「なんでも、この後宮のどこかに、横暴な妃によって殺された官吏の遺体が埋められているのだとか。消えた女官はその官吏の恨《うら》みで地中に引きずり込まれたのではないかという噂です」

「呪い⁉」

夕嵐が聞いた話では、先帝の御代、年若い文官が妃のひとりにひどい折檻《せっかん》を受けたあと生き埋めにされた、というのだ。

その文官は将来有望かつ見目麗しかったため、その妃に気に入られてしまった。このままでは籠《かご》の鳥になると察した文官はなんとか逃げだそうとしたが、そのことに気がついた妃に捕まり、二度と逃げられないよう本当に彼女の宮に閉じ込められた。

だが文官は恋人がいて、妃のもとから何度も逃げ出そうとした。

自分に従わない文官に業を煮やした妃は、女官や宦官《かんがん》に命じて彼を庭に生き埋めにした。

生き埋めにされた文官は、妃たちへの恨《うら》みから呪いを放つ悪霊になり、女官たちを自分の墓に引きずり込んでいるのだ、と。

「なんて恐ろしい……でも、生き埋めだなんて本当なの？　一体どの妃がそんな非道なことを……」

妃によっては自分に仕える女官や官吏を、いくらでも替えの効く道具だと思っているのは事実だ。

理不尽な扱いによって怪我を負ったり、職を辞したりする者も少なくない。

だが生き埋めとはさすがにやりすぎではないだろうか。

後宮に出入りできるほどの文官ならば、それなりの家門出身である可能性が高い。

いくら後宮妃とはいえ、そのような残酷な処罰が許されるとは思えない。

「それが噂の出所も事の真偽もなにもわからないそうなんです」

「わからない？」

「はい。なにせ先帝の御代の話です。当時の妃や女官はほとんど残っていませんから、あくまでも噂、ということになります。古株の女官や太監《たいかん》殿に軽く聞いてみましたが、皆さんなにも知らないの一点張りで」

いつ、誰が行ったかは誰も知らない。事実である証拠もない。

だがまことしやかに囁《ささや》かれ続ける、後宮の噂話。

「まあ、どこにでもありますよね。私も昔、あの店の主は使用人を叩き殺して井戸に沈めただの、あの家の前妻は庭に埋まってるだの、物騒《ぶっそう》な噂は耳にしてきましたから。大体は根も葉もない噂だったり、事実が歪曲されて伝わったりとか様々です」

「噂……」

それにしてはずいぶんと具体的な部分が多い。

宮の中でなにが起きたかを外で話す女官はいない。どんな非道なことが行われていても、皆我が身可愛さに口を噤《つぐ》む。

位の高い妃に睨《にら》まれれば、過酷な仕事に配置換えされたり、最悪後宮を追い出されたりするかもしれないからだ。

事実を知っていても、それを外に漏らす者はいないだろう。

だからといって、完全に隠しおおせられるものだろうか。

噂とされる中にも、真実の欠片が交ざっているのではないか。

思わず足元を見つめた。

「なにせ妃殿下ですよ？　皇帝陛下の寵愛《ちょうあい》があるのに、ほかの男に目を向けるなどあるのでしょうか」

首をかしげる夕嵐の姿に、雪花は眩しいものを見るように目を細める。

後宮という閉ざされた場所の真実を知らない夕嵐にしてみれば、妃という立場にありながらほかの男性に気を移すような振る舞いをする者がいることが信じられないのだろう。

「……全ての妃が等しく寵愛《ちょうあい》を受けるわけではない、からね」

そう口にしながら、雪花はかつての後宮の姿を思い出していた。

先帝の御代、この後宮には数多《あまた》の妃がいた。

その多くは国内外から集められた美姫ばかりで、皇帝は彼女たちを気ままに弄《もてあそ》んだ。

好色な皇帝は、女官にさえ気まぐれに手をつける。後宮に暮らす女性は皆すべからく皇帝の所有物だから、誰もそれを咎《とが》めることはない。

お手つきになった女官は『宮女子』と呼ばれる。皇帝の慰《なぐさ》み者としての地位が与えられ、女官として働きつつも望まれれば寝所にはべるのだ。

雪花の母のように子ができれば最下層の妃となって宮が与えられるが、たった一度のお手つきだけで終わる者も多い。

妃にしろ女官にしろ、皇帝に気にかけられているうちはいい。

だが、そんな日々は長くは続かない。なぜならまた新しい妃がすぐにやってくるからだ。

新しく寵愛《ちょうあい》を受ける者が現れれば、二度と顧《かえり》みられることはない。

にもかかわらず、一度でも皇帝の手がついた妃や女官は、その皇帝が存命である限り後宮を出ることは消して許されない。

ただただ後宮で息をひそめて生きていくだけなのだ。

寂しさに耐えかね、ほかの誰かを心の慰《なぐさ》めにする者がいたとしてもおかしくはない。

直接見たことはないが、男性と懇意《こんい》にしていたという理由で棒で打たれた妃や女官がいたという話は何度も耳にした。

当時の雪花はまだ幼かったし、月花宮から出ることもなかったのでその詳細はわからないが、明心がよく不憫《ふびん》がっていたのを覚えている。

『彼女たちになんの罪がありましょうか。陛下は本当にむごいことをなさる』

若くして後宮以外で生きる道を失った彼女たちの境遇の辛さは、今の雪花ならわかる。

せめて子がいれば違ったのだろうが、もしたったひとりで孤独に耐えなければならなかったのだとしたら。

目の前に現れたほかの男性に心を奪われてしまうこともあるかもしれない。

(天霞さまが若い武官の配属を変えたことは正しいことだったのね。武官だけではなく文官も同じ状況だとしたら、陛下に進言してみてもいいかもしれない)

もうこの後宮に、かつてのような悲しい思いをする女性はいない。悪習は断ち切るべきだ。

「後宮で生きるのも大変なんですねぇ」

夕嵐は雪花の考えていることを理解しているのかいないのか、どこか呑気な声を上げる。

その明るさに少し救われた気分になりながら、雪花は目を細めた。

「そうね。でもそれは前の話よ。陛下はお優しい方だから、妃や女官たちを悲しませたりなどしないわ」

雪花の母を今でも一途に思っている普剣帝のことだ。奪われる悲しみも、孤独に生きる苦しみも十分に理解しているだろう。

今の三妃だけではなく、今後も避けられぬ事情で妃を迎えることがあっても、普剣帝ならばきっと大切にすると確信している。

「ええ、きっとそうでしょうね」

夕嵐もそれには大きくうなずいた。

「ですが、まずは今の三妃さまとの関係ですよ。私のような者が案ずることではありませんが、三妃さまたちの女官たちはずいぶんと気が立ってるようです。こんな恐ろしい噂が広まるのも、そのせいかもしれません」

「……そうね」

普剣帝がまだどの妃とも寝所をともにしていない以上、このままでは三妃の意思や普剣帝の想いとは関係なく、後宮の空気は悪くなってしまうだろう。

このような不吉な噂と相まって、後宮が再び恐ろしい場所に変わってしまったら。

そんな恐怖に襲われていると、夕嵐が深い溜息をこぼした。

「しかし私も驚きました。焔家でならいざ知らず、後宮で呪いの話を聞くなど」

「表立って話題になることはないからね」

夕嵐はこの後宮を夢のような場所だと思っているようだが、ここは数多《あまた》の思惑《おもわく》が渦巻く伏魔殿《ふくまでん》だ。

かつて雪花は異母兄である瑠親王《しんのう》によって呪いをかけられたことがあるし、蓮も普剣帝の依頼で後宮に発生する呪いを何度も解呪している。

だがそれは、めったなことでは人の口にのぼることのない話だ。

天下の皇帝の後宮で呪いなどが起きれば、その権威は地に落ちる。

皇帝は尊い血脈だ。どんな呪いも跳ね返し、防ぐほどの力を持っていると誇示していかなければならない。

それに、もし本当にそんな呪いが広まっているとしたら、事態は深刻を極める。

(龍厘堂《りゅうりんどう》で読んだ歴史書の中に、同じような記述があったわね)

それは、かつて滅んだ東国の話だ。

逆賊により後宮に悪鬼の呪いが広まり、時の皇帝は後宮の封鎖を決めた。

皇帝と呪いに侵されていない皇族などを除き、まだ生きていた妃や女官たちごと後宮の門を閉じたのだ。

ずいぶんと乱暴な解決方法だとは思ったが、国を守るためには仕方のない処置だったと歴史書の著者は書いていた。

（あれ……？）

不意に雪花はあることに気がつく。

「……夕嵐。悪いのだけれど、もう少しこの噂について調べてくれる？」

「それは構いませんが……どうしたのですか？」

不思議そうに瞬いた夕嵐に、雪花は少しだけ声をひそめた。

「この噂がいつ頃から広まったかを調べてほしいの」

「いつ頃から、ですか？」

小首をかしげる夕嵐に、雪花は静かにうなずいた。

「私はこの後宮で生まれ育ったわ。蓮に嫁ぐまでめったに後宮から出なかった。でも、私はこんな噂を一度も耳にしていないの」

雪花の言わんとすることがわかったのだろう。夕嵐がはっと表情を引き締める。

たしかに雪花はずっと月花宮に引きこもっていた。だが出入りする女官や官吏はいたし、明心はなにかと外に出る機会もあった。

噂として語り継がれるほどなら、そのとき耳に挟んでいてもおかしくはない。

なのに、なぜ今になってまことしやかに囁《ささや》かれるのか。

「それに後宮ではね、本来は呪いの話は禁忌《きんき》なの。皇帝やその一族が呪いに侵されるなどあってはならないことだから」

官吏が生き埋めになったという噂だけが広まるのなら、まだわかる。

だが女官の失踪《しっそう》がその官吏と結びつけられ、呪いとまで言われている現状はなにかがおかしい。

「もしかしたら、誰かが噂をもとに騒ぎを起こそうとしているのかもしれない。女官たちの失踪《しっそう》も、それに絡んでのことなのかも」

確信はないが、作為的ななにかを感じる。

なかなか妃を迎えなかった普剣帝がようやく三妃を迎えたばかりの今、というのも。

もしかしたら普剣帝が妃を迎えたことに絡んで、誰かがなにかを企んでいるのだとしたら。

ぞわりと首筋の毛が逆立つのを感じた。

(もし呪いの話が本格的に広まり、滅んだ東国のように後宮が閉鎖されたら、私たちはどうなるの?)

歴史書に書いてあった後宮の門は、中の者が死に絶えて呪いが完全に消えるまで開かれることはなかったという。

普剣帝がそのような非道な処置を選ぶとは思えないが、もしこのままあの歴史書の記述通りになってしまったら。

（翠や林杏も、永遠にここから出られなくなる？）

まだこれから世界を知り、楽しく生きていくべき愛しい我が子たちの未来までもが閉ざされてしまうかもしれない。

恐ろしい想像に身がすくむ。

なにより、蓮と二度と会えなくなることが怖かった。

今すぐ蓮に会いたい。一緒にこの謎について考えてほしい。

だが、ここに蓮はいない。蓮もまた、この国を守るために自分の役目を果たそうとしている。

（もう、守られるばかりではいられない）

愛しい人に支えられ、大切な家族もできた。

それにこの後宮は、辛い思い出もあるとはいえ雪花にとって唯一のふるさとだ。

守るために立ち上がるのは自分の役目だろう。

「わかりました。女官たちにそれとなく聞いてみますね」

「お願いね」

雪花の決意を汲《く》んだのか、夕嵐がしっかりとうなずいた。

「小鈴も、なにか聞こえたらすぐに教えて」

「うん、わかった！」

帯飾りに収まっていた小鈴がりんと涼やかな音色を奏でる。

「雪花、我慢しなくていいんだよ。蓮さまはきっと、雪花に頼ってほしいって思ってるよ」

鈴の音に混ざって聞こえる優しい声は、心から雪花を案じてくれているようだった。

＊＊＊

それからの数日は、思いに反して平穏なものだった。

大きな陰謀《いんぼう》に巻き込まれたのではないかという不安に苛《さいな》まれていた雪花だったが、日々は大きく変わることなく、三妃たちが月下宮を訪ねてきては子どもたちと関わってくれることから、思ったほど気持ちは沈み込まずに済んでいた。

その要因のひとつは、春碧が進めた後宮の改修工事が順調に進み、後宮がずいぶんと華やかさを取り戻したことにもあった。

女官たちの表情も明るく、行商人などの出入りもあり、どこからともなく明るい笑い声さえ聞こえてくる。

それは先帝の御代にはなかったことだ。先帝は欲望のままに妃をかき集め、彼女たちを競わせ争わせることを好んでいた節すらある。

雪花が記憶する後宮は、いつも誰かの泣き声に染まっていた。

官吏の呪いについての噂も、まるで雪花たちの耳に届いたことをきっかけにしたように、誰の口にものぼらなくなっていた。

失踪《しっそう》した女官たちの行方はまだ捜索中ではあるものの、三人目が消えて以降、行方が知れなくなる者が出ていないのも大きい。

このまま不安が杞憂《きゆう》に終わればいいと雪花は祈っていた。

（蓮……）

蓮からの便りは届いていない。

向かった先が辺鄙《へんぴ》な場所であることや、道士は大きな術を使うとき、危険を避けるために親しいものには連絡を取らない決まりだというのはわかっているが、やはり心配だった。

小鈴の術が解けていないことから無事なのはわかっているが、今なにをしているのか気になる思いは強まるばかりだった。

せめて子どもたちにはそれを気取られぬようにと、雪花は努めて笑顔を作る。

決してうつむかず前を向こうと決めたから。

＊＊＊

そんなある日、暗い顔をした拍太監《たいかん》が月花宮を訪れた。

「どうしたのですか」

いつもの朗らかさとは真逆の表情に驚き、慌てて中に招き入れると、彼は驚きの言葉を口にした。

「宴《うたげ》の、禁止令ですか？」

驚きに目を丸くした雪花に拍が力なくうなずく。

「きっかけは後宮の改修工事です。中央の改修がもうすぐ終わることはご存じですか？」

「ええ……」

後宮の中にはいくつもの庭園や広場が存在する。

公的な催しがない場合は、後宮を取り仕切る最高位の妃か女官長に許可を取れば誰でも使える場所だ。

その中でも中央と呼ばれるのは、後宮の中心にあるもっとも大きな広場のことだ。

以前は、季節ごとの宴《うたげ》や祝い事だけではなく、秀女選びの儀が行われていた場所だ。

だが、それらは全て先帝が崩御《ほうぎょ》して以来絶えていた。

普剣帝が己の妃を迎えていないこともあるが、先帝の喪《も》に服すために祝い事は避けるべきだという空気があったからだ。

だが普剣帝の代になって数年が過ぎたし、新たな妃も迎えた。

この機会に華やかな宴《うたげ》を開き、普剣帝の時代が幕を開けたことを盛大に広めようという声がかかったのだ。

それをきっかけに三妃の距離を近づけたいという意図もあるのだろう。

官吏や女官長たちが積極的に話を進めていたが、まさかの普剣帝本人が難色を示した。

「陛下の宴嫌《うたげ》いは存じておりましたが、まさか禁止令を出すほど嫌悪されていたとは……」

肩を落とす拍に、雪花はなんと声をかけてよいかわからなかった。

拍たち太監《たいかん》や官吏にしてみれば、いつも仕事で忙しい普剣帝への労りの思いもあったのだろう。

「もうそれは公布されたのですか？」

「さすがにお止めしました。全ての宴《うたげ》を禁止するとなれば、後宮だけではなく民草にも影響があります。商人たちからの反発も起きるでしょう」

「そう、ですよね……」

宴《うたげ》はなにも娯楽のためだけではない。

妃や女官、官吏たちの交流を図るためや、人々にお金を回す大切な役割もある。

新たな衣を仕立てたり、人を雇い入れたり、食材を買ったりと、たくさんの人や物、金が動くのだ。

その動きは市井《しせい》にも影響を及ぼす。

妃が好んで買った布地や装飾品は流行になるし、都で商売をしていれば後宮に縁ができると商人たちも集まってくる。

結果として都が潤《うるお》い、それが国全体の経済を回すのだ。

そういえば普剣帝が即位して以来、大きな宴《うたげ》が開かれた記憶はない。

少なくとも雪花が後宮にいた頃には、式典など最低限の催しばかりだったはずだ。

「雪花公主、あなたにこのようなことを頼むのはお門違いだと重々承知しておりますが、どうか陛下にお気持ちを変えていただくようにお口添えを頼めないでしょうか」

「私に？」

「はい。我らはこれまで何度も陛下に宴《うたげ》について進言してまいりました。決して無駄なことではないとも。ですが陛下のお心は頑《かたく》なです。あなたなら、なにか事情をご存じなのではないでしょうか」

「……」

是とも否とも取れる沈黙の間に、拍が深々と頭を下げた。

「どうか、どうか……」

切実なその声音に、雪花は返事をすることができなかった。

＊＊＊

その夜。

雪花は部屋で月を見上げていた。

ひとりきりの寝所は、春の夜だというのにどこか寒々しい。

(宴《うたげ》、か)

なぜ普剣帝が宴《うたげ》を好まないのか、雪花は知っていた。

今回の改修工事でも、いくつかの場所は手をつけることを禁じたと聞いている。

そのひとつが、北の庭園だ。

「お母さま……」

それは、雪花の母が凶刃に沈んだ場所だった。

先帝が気まぐれに開いた雪見の宴《うたげ》。

その席で母は雪花を庇《かば》い、命を落とした。

瞼《まぶた》を閉じれば、あの日の赤が雪花の世界を染める。

蓮と出会い、愛を育んだことでほとんど悪夢は見なくなったが、後宮で生きている間、毎日のように反芻《はんすう》していた光景はそう簡単に消えてはくれない。

昔と違うのは、あのとき雪花を抱いて逃げてくれた普剣帝の優しさが続いて思い出されることだろう。

冷たくなった母の身体にすがりつく雪花を抱き上げ、何度も頭を撫《な》でてくれた。

雪花を抱き締めながら絞り出すように母の名を呼ぶ声は、心が握りつぶされそうなほどの悲しみに塗れていて、思い出すたびに雪花の涙腺を刺激する。

普剣帝にとって宴《うたげ》の光景は、あの日の記憶を呼び起こすものなのだろう。

『私は怖いのだ。お前の母を忘れてしまうのが』

今でも深く母を愛している父に、母の死を振り切るように伝えるのは、どんなに残酷なことか。

待ってほしいと訴えた普剣帝の切実な気持ちを無視したくはない。

しかしこのままずっと待っていたら、三妃たちの立場だって危うくなるだろう。

三妃たちと関わって感じたことは、皆それぞれに陛下を慕い、この後宮に生きるという覚悟を持っていることだ。

彼女たちを冷遇させてはいけない。

「本当に、うまくいかない」

誰かを愛しく想う気持ちがなにかの重石になることがあるだなんて、雪花は知らなかった。

父が母を想う気持ちを、誰が責められようか。

あの日の普剣帝の告白を雪花は何度も思い出した。

自分に置き換えて涙を流したこともある。

わずかに欠けた月の光が、雪花を照らす。

「蓮」

恋しい自らの片割れを呼びながら、雪花は今の自分になにができるのかを必死に考えた。

普剣帝と三妃のこと、呪いのこと、蓮のこと、子どもたちのこと。

全てを守りたいと願うのはきっと強欲なのだろう。

それでも。それでも皆が幸せにあるようにと、雪花は願ってやまなかった。

＊＊＊

拍に普剣帝の説得を乞われた雪花だったが、普剣帝はその気配を察知したのか、どんなに面会を願い出ても雪花と会おうとしなかった。

時間ばかりが過ぎていき、広場の改修も終わりが近づいていた。

女官たちは宴《うたげ》の準備をしていいのかわからず、気もそぞろなのが伝わってくる。

官吏たちは拍が雪花に普剣帝の説得を頼んだことを知っているのか、なにか言いたげな視線を向けてくるのがなんとも居心地が悪い。

「母上？」

月花宮に引きこもってはみたものの、気遣うように見上げてくる翠の視線に気づき、雪花は少しでも安心を与えるように柔らかく微笑んだ。

「どうしたの翠？」

「いえ……その……」

なぜか迷うように視線を落とした翠が、小さく唇を噛んだ。

すっかり大きくなったと感じていたが、不意に見せる表情はまだまだあどけない。

だが直後に雪花を見上げた表情は、こちらが驚くほど大人びていた。

蓮によく似た瞳が雪花を見上げ、なにか言いたげに揺れている。

（不思議なくらいに蓮に似てきたわ）

血の繋がりは一切ないのに、翠の面影は時折はっと息を呑むほど蓮を感じさせる。

親子として、師弟として、ともに過ごす日々がそうさせるのか、それともただ生まれた場所が異なっただけで翠は我が子になる運命だったのか。

この後宮に来てからの日々で翠はずいぶん成長したように思う。

焔家で過ごすのとは異なり、たくさんの大人たちが周りにいることが強い影響を与えるのだろう。

女官たちや三妃は幼い翠をずいぶんと甘やかすが、翠がそれに浸りきる様子はない。

それは翠が育った環境ゆえなのか、生来の性格なのかはわからないが、翠はきっと立派な人物になるのだろうと予感させた。

だがまだ子どもであることには変わりない。

彼がいずれひとりで生きていけるようになるまでその心身を守ることと、これから生きていく国を支えることが、親となった雪花の役目なのだろう。

「なにかあったの？」

優しく問いかけると、翠がなにかを訴えるように小さな唇を震わせた。

「あの、僕……」

「うん？」

言葉を促すように雪花がうなずいたときだった。

「公主さま！」

懐かしいその声に雪花は息を止め、顔を上げた。

なにかを言いかけていた翠も同様だ。

視線を向けると、月花宮の入口に痩《や》せた老女が立っていた。

美しく着飾った女官たちが多い後宮の中で、驚くほど平凡なその出で立ちに雪花は大きく目を見開く。

「明心……‼」

それは、幼い頃から雪花を支えてくれた女官の明心だった。

「母上？　お知り合いですか？」

不思議そうに首をかしげる翠に顔を向けた雪花は、言葉を詰まらせて何度もうなずく。

「奥さま、どうしたのですか」

雪花のらしくもない大きな声に、夕嵐や女官たちも集まってくる。

「公主さま……あっ」

こちらに来ようとした明心の身体がよろめく。

雪花は慌てて駆け寄ってその身体を支えた。

「ああ……」

懐かしい香りに涙が滲《にじ》む。

目元の皺《しわ》を深くして笑う姿は、最後に見たときよりもずっと穏やかだった。

少し肉がついたようだし、白いものばかりで乱れていた髪もすっかり整っている。

曲がっていた腰さえも、気のせいか芯が通ったように凜《りん》としていた。

雪花と別れた後、彼女が健勝であった証に胸が温かくなる。

「明心……明心……」

乳母でもあった彼女は、雪花にとっては育ての親も同然だった。

もう二度と会えないと思っていた。

雪花がいたせいで、明心は年季が明けていたにもかかわらず、ずっと後宮に留まっていたのだ。

本当ならもっと早く自由になり、自分の人生を歩めていたはずなのに。

幼く未熟な自分が明心から時間を奪ってしまったという罪悪感と、降嫁《こうか》して後宮を出るときに財産を持たせてやれなかった後悔はずっと心の中にあったのだ。

手紙を出そうかと何度も考えたが、明心にはこの後宮での出来事は過去のことだと思ってほしくて、あえて連絡を取らなかった。

当時の後宮で栄華を極めていた麗貴妃《きひ》に疎《うと》まれる雪花をひとり、この後宮で支える
のは、とても大変なことだったろう。
もう自分のことなど忘れて、穏やかな余生を送ってくれればいいと思っていたのに。
「あらあら。公主さま……」
ほろほろとこぼれる涙をぬぐう指先の感触すら懐かしい。
懐かしさと愛おしさと申し訳なさが綯《な》い交ぜになって喉が詰まる。
本当は、ずっと会いたかったのだ。
寂れていた月花宮で、雪花にとって唯一とも言えるほど近かった明心に。
「明心……私、私ね……」
たくさん話したいことがあった。
嫁いだ先で蓮に出会い、翠を迎え、林杏を得たことを。
泣いてばかりだった小さくて弱い雪花は、もうどこにもいないのだと。
なのに喉からこぼれるのは、あの頃となにも変わらない嗚咽《おえつ》だけだった。
ようやく落ち着いたときには、雪花は自分の行いの幼さに恥ずかしくて消え入りそ
うだったが、明心がずっと雪花の世話をしていた女官だと知った翠や夕嵐が、嬉々《きき》と
した様子で彼女を月花宮に迎え入れたことで、すぐに心は軽くなった。
明心は、かつてとは違いずいぶん明るくなった月花宮の姿にとにかく驚いていた。

特に雪花の母を祀《まつ》った廟《びょう》が庭にできたことを知ると、目元に涙を浮かべて喜んでくれた。

客間に通して話をしていると、明心は雪花の現状にどこまでも安心したらしい。

「朔《サク》妃さまもこれで報われます」

明心の言葉に、母が朔妃と呼ばれていたことを雪花は思い出した。

朔とは新月を指す。

寵愛《ちょうあい》という太陽を失い輝けぬ月のような妃だと、麗貴《きひ》妃が戯れでつけた名前だという。

母は怒ることも拒むこともなく、その名を粛々《しゅくしゅく》と受け入れたそうだ。

無残に手折られ真に愛する人と引き離れた母は、朔となったことにきっと安堵《あんど》していたのだろう。

「そうね。きっと今は心穏やかでいてくださっていると信じているわ」

「ええ」

大きくうなずく明心に雪花も同様に返す。

そうこうしていると、雪花の隣に座っていた翠がちらちらと視線を向けてきた。

「明心、この子は翠。私と蓮の息子よ」

「まあ……」

一瞬驚いたように目を見開いた明心だったが、それ以上はなにも言わずに慈愛《じあい》に満ちた笑みを翠に向けた。

「ごきげんよう、翠さま。私は明心と申します。かつてこの月花宮で雪花さまのお世話をしておりました」

「ぼ、僕は焔翠です。母上がお世話になりました」

緊張した様子で挨拶《あいさつ》をする翠に、雪花も思わず微笑む。

「とても利発な顔立ちをしていらっしゃる」

「でしょう？　自慢の息子なのよ」

明心の言葉に誇らしげに胸を張ると、翠の頬《ほお》が恥ずかしそうに赤くなる。

「ようございました。公主さまがお元気そうで明心は嬉しゅうございます」

「私もあなたに翠を紹介できてよかったわ……ところで、どうしてここに？」

再会の感動に忘れていたが、明心はすでに後宮を去った身だ。

里も都から遠く離れた場所だと聞いている。

だからこそ、もう会えないと覚悟していたのに。

「実は……お恥ずかしいお話なのですが、私を妻に迎えたいという方がいまして。それで都に出てきたのです」

「まあ！」

驚きで声を上げると、明心はこれまで見せたことのないような表情を浮かべた。

ほんのりと頬《ほお》を染めてはにかむ姿は、まるで乙女そのものだ。

年老いての結婚は聞かぬ話ではないが、まさか明心がという事実に理解が追いつかず、雪花は何度も瞬きをする。

「お相手は……？」

「生糸《きいと》を取り扱う商人の方です。実は、幼馴染みなんですよ」

明心が語るには、口減らしのために都に売られた明心と、同じく家のために労役に出た彼は、ずっと生き別れだったという。

労役に出た彼は生家に仕送りをしつつも財産を作り、事業をはじめた。

一度縁があって妻を迎えたものの、先立たれ、子もいないまま長く独り身だったという。

そこに雪花の降嫁《こうか》に合わせて里に帰った明心の話を聞き、今さらだがどうか一緒になってくれないかと誘われただとか。

「お互いにもう会うことはないと思っていました。人の縁は不思議なものですね」

「そう、そう……よかったわね」

「ええ。残り短い歳月を、ふたり穏やかに生きていければと願っております」

明心が美しく変わったのは、夫となる者の献身なのだろうと察せられた。

別の人生を歩んでいたふたりに手を取り合う奇跡が訪れたことに、胸が熱くなる。

明心の夫となる男性は後宮に生糸《きいと》を卸《おろ》しており、その流れで雪花が滞在していると聞きつけて明心に知らせてくれたのだという。

「門を守る官吏のひとりが私を覚えていてくださったのです。それで太監《たいかん》にかけあって中に招いてくださいました」

「そうだったのね」

雪花が里帰りを決めていなければ、明心が夫となる者について都に来ていなければ、この再会はなかった。

過去のしがらみに囚われる雪花の背中を押すために、運命が悪戯《いたずら》をしたかと思うほどだ。

「……明心。私、あなたにずっと謝りたかったの」

「私に、でございますか？」

なんのことだろうと明心が首をかしげた。

きっと今さらすぎるし、明心は気にもしていないとわかっている。だが。

「私がいたことで、あなたをずっと後宮に留めてしまってごめんなさい。私に仕えたばかりに、ずっと苦労をさせてしまった……あなたの時間を奪ったことを、私は」

「公主さま」

凛《りん》とした声が遮《さえぎ》った。

はっとして顔を上げると、まっすぐな瞳が雪花を見つめていた。

「公主さま、どうかそれ以上おっしゃらないでください。私めは決して後悔などしておりません。幼いあなたをこの月花宮で慈《いつく》しめたことは今でも誇りに思っております」

「……明心」

迷いのない言葉に、目の奥が熱を孕《はら》む。

雪花を見つめる明心の表情はどこまでも優しくて、言葉が詰まった。

「お待たせしました。お嬢さまをお連れしましたよ」

止まっていた時間を動かしたのは、まだ寝起きの林杏を腕に抱いた夕嵐だ。

足早に雪花に近づくと、その小さな身体を託してくる。

温かく柔らかな雪花の宝物は、まだよく見えていない目をくりくりと動かし、周囲の様子を探っているようだった。

「林杏よ」

「まぁまぁまぁ……！　幼い頃の雪花さまにそっくりですこと」

歓声を上げた明心は椅子から立ち上がると眦《まなじり》を下げて、林杏の顔を覗き込んだ。

心から嬉しそうなその表情に、雪花の心まで喜びで満ちていく。

「なんて可愛らしいのでしょう。よければ抱かせてくださいな」

「ええ、もちろん」

明心は手慣れた動きで林杏を受け取ると、宝物を抱くように腕の中に包み込み、身体を揺すってあやしはじめた。

林杏は不思議なほど大人しく、自分を見つめる明心を不思議そうに見上げている。

「愛らしい……なんて愛らしいのかしら」

慈《いつく》しみに溢れた声と表情だった。

守るように、讃えるように、可愛い、愛らしいと呼びかける姿からは、愛情しか感じない。

「公主さまによく似て、きっと美しく育つのでしょうねぇ……許されるなら、ずっと抱いていとうございます。明心にできることであれば、なんでもしてさしあげたいです……ああ、なんて可愛らしい」

「明心……」

その言葉にこらえていた涙が滲《にじ》んだ。

明心は、こうやって雪花を育ててくれたのだ。

幼い頃、母を恋しがって泣く雪花を明心は抱いてあやしてくれた。

主と女官という関係ゆえに、親子のようにはいかない部分もたくさんあったが、雪花が折れずに生きてこられたのは、明心がこうやって愛情を注いでくれたからだと初めて気がついた。

自分は、明心にとって枷《かせ》だと思っていた。

愛情がなかったとは思っていない。大切にしてくれたし、心を砕いてくれたのもわかっている。

それは半分以上が義務感からだと思い込んでいた。

でも今の明心の姿は、間違いなく林杏を愛おしんでいる。

「……ありがとう」

「公主さま、なにかあればこの明心をすぐに頼ってくださいませ。なにがあっても駆けつけますわ」

「ええ、ええ……」

「翠さまもですよ。困ったことがあれば明心を訪ねてください」

「うん」

元気よく返事をする翠の嬉しそうな笑顔に、心の奥に残っていたしこりが消えていく。

明心からもらった愛情を、翠や林杏に余さず伝えていこう。

彼らがいずれ親となる日が来たら、自分も同じ言葉をかけてあげようと誓いながら、雪花はなによりも尊い光景に目を細めたのだった。

＊＊＊

ひとしきり愛でられて満足げな子どもたちを夕嵐と女官に任せた雪花は、明心を母の廟《びょう》へ誘った。

すっかり整った庭園の姿を感慨深げに眺める明心と、あれこれ昔話に花を咲かせる。

「後宮はずいぶん変わりましたね」

「明心もそう思う？」

「ええ。皆さまとても表情が明るくて……かつての後宮は、常に張り詰めていましたから」

「そうね……」

誰もが誰かを恐れていたあの頃と今とでは、雲泥の差だろう。

雪花は月花宮に引きこもっていたが、使いなどで外に出る機会もあった明心は、さぞ辛い思いをしたに違いない。

そこでふと、雪花はあの噂を思い出した。

あの頃の後宮であれば血なまぐさい出来事も珍しい話ではなかっただろう。

明心が雪花を大切に思っていたことを考えれば、宮の外で起きた悪い噂はあえて伝えなかったのではないか、と思い至ったのだ。

「……ねぇ、明心。少し聞きたいのだけれど」

「なんでございましょう」

「ずっと昔……まだ先帝陛下がご健在だった頃の話を」

先帝、という言葉に明心の表情が曇《くも》る。

「その……ある妃が、官吏を生き埋めにした、という噂を聞いたことがある？」

口にした瞬間、なぜか首筋の毛が逆立つような怖気《おぞけ》を感じた。

まるで誰かに睨《にら》みつけられたような気がして振り返るが、周囲には当然誰もいない。

明心はなにも感じていないのか、雪花の問いかけに少し考え込むと「ああ」と短い声を上げた。

「覚えております。それはもうひどい騒ぎでしたから」

言葉を選びながらゆっくりと語る明心の表情は神妙だ。

「若い官吏が失態を起こし、ある寵妃《ちょうひ》さまに打ち据えられたうえ、埋められたのです」

心のどこかでただの噂だと思っていたことが、現実に起こったことだと知らされ、雪花は息を呑む。

「確か、先帝陛下が後宮を留守にされているときのことでした。皇后さまや、麗貴妃《きひ》さまなどの高位の妃と一部の寵妃《ちょうひ》さまだけを連れて、どこかの寺院に参拝に行かれたのではなかったでしょうか」

先帝はなにごとも大げさにするのを好んでいたため、催事にも妃たちを大勢連れ出していたのを思い出す。

「後宮には下位の妃たちや、寵愛《ちょうあい》に陰りの差した方々ばかりが残っていて……騒ぎを起こしたのはその中のおひとりだったかと。官吏の態度が悪いと言って罰を与えて、埋めてしまったとか」

理由は違ったが、起きた出来事は一緒だった。

この後宮のどこかに埋められた官吏がいるという事実に、這い上がるような恐怖に襲われる。

「……その妃はどうなったの？」

「それがなにも。お身内がかなりの高官だったため内々に処理され、この話については決して広めてはならぬと箝口令《かんこうれい》が敷かれたのです」

「まさか！」

雪花が聞いた噂とは少し違うとはいえ、あまりにも残酷な事実に嫌な汗が滲《にじ》む。

「なので私もこれ以上のことは知らないのです。ただ、その官吏には将来を誓い合った方がいらして、身体だけでも返してほしいと訴えがあったと聞いています。ですが、結局はそれすら認められなかったと」

無念のうちに死んだ官吏とそれを待っていたひとりの女性。

どれほど辛かったことだろう。

「そんなひどいことがあったなんて……」

「今思えば本当に恐ろしい話です。あの頃は先帝陛下の移り気が最も激しく、妃の皆さまはいつ背を向けられるかという恐怖に怯えていらっしゃいました。そんな鬱憤《うっぷん》を向けられた者は少なくありません」

沈痛な面持ちで語る明心に、雪花は言葉を失う。

恐ろしいのは麗貴妃《きひ》ばかりだと思っていた。

月花宮で息をひそめてさえいればいいと信じていた当時の自分は、本当になにも知らなかったと思い知らされる。

「公主さまはご存じなくて当然です。この月花宮は後宮の外れにありましたし、揉めごとの大半は陛下の寵愛《ちょうあい》を巡ってのものでしたから。朔妃さまならいざ知らず、公主さまに手を出すほど度胸のある妃はいなかったのでしょう」

「そうだったのね……」

ほぼ忘れられた存在だったこともあるだろうが、皮肉にも公主という立場が雪花を守っていたのだ。

もし母が生きていたら巻き込まれていたのかもしれないと思うと、複雑な気持ちだった。

「その……官吏を埋めた妃というのはどなただったの？」

恐る恐る尋ねると、明心は困ったように眉を寄せた。

「申し訳ありません。先ほどから思い出そうとしているのですが、どうもはっきりせず……」

「はっきりしない？」

どういうことかと問いかけると、明心は首を捻《ひね》る。

「なにぶん昔のことなので定かではありませんが、挙がった名前はおひとりではなかったようで……すぐに箝口令《かんこうれい》が敷かれたため、それがどなただったかも曖昧《あいまい》なのです。もしかしたらいくつかの事件が合わさって覚えているのかもしれません」

「……そう」

それだけ多くの非道なことがあったのだろう。

深く考えれば考えるほど憂鬱《ゆううつ》な気持ちになってくる。

「私よりも古くから後宮にいる方なら覚えているかもしれません。ところで、どうしてこの話を？　なにかあったのですか？」

不安そうに表情を曇《くも》らせる明心に、雪花は安心させるように微笑みかける。

「今、後宮の改修工事をしているでしょう？　事実なら、きちんと伝えておこうと思って。これからまた新しい妃が入宮してくるのに、そんな曰《いわ》くつきの宮と知ったら気分を害するでしょう」

「確かにそうでございますね。では、もし思い出したらすぐにお知らせいたします」

「ええ、お願いね」

雪花の役に立てることが嬉しいのか、明心が嬉しそうにうなずいた。

それからしばらく他愛のない会話を楽しんだ後、閉門の時間が近づいて明心は帰路についた。

「またいつでも会いに来てちょうだい。ここではなく、焔家にも遊びに来てね」

「ぜひ。公主さまも、なにかあればこの明心を頼ってくださいね」

名残惜しそうに何度も頭を下げて帰っていく明心を見送りながら、雪花は心が軽くなっているのを感じていた。

二度と会えないと思っていた明心との再会に加え、ずっと心に残っていた重荷を下ろせたからだ。

後宮に里帰りしていなければ、雪花は心のどこかで明心への罪悪感を抱いたまま生きていただろう。

「母上、先ほどの方はもう帰ったのですか」

門の前で立ち尽くしていた雪花に翠が駆け寄ってきた。

小さな手が雪花の手をためらいなく握る。まっすぐに見上げてくる瞳はどこまでも愛らしい。

「母上の大事な人、だったんですよね」

「そうね……会えてよかったと本当に思っているわ」

翠の手を握り返しながら微笑むと、小さな頬《ほお》がつられるようにほころんだ。

一緒に喜びを分かち合える我が子がいる幸せを、雪花は噛み締めたのだった。

＊＊＊

「拍太監《たいかん》を呼んでもらえますか？」

月花宮の門を守る兵士に雪花が言付けを頼んだのは、明心が訪ねてきた翌日だった。

それから一刻も経たないうちに拍太監《たいかん》は駆けつけてきた。

「公主さま、お呼びでしょうか」

雪花を見る表情からは、宴《うたげ》の件について普剣帝に進言してもらえるのではないかという期待が滲《にじ》み出ている。

よほど切羽詰まっているのだと思うのと同時に、自分のような降嫁《こうか》した公主にすがるしかない珀たちの苦労を感じて申し訳なくなる。

「先日の件だけど、私から陛下に話をしてみようと思うわ」

「本当ですか！」

「ええ。私もこの国の未来を憂《うれ》うひとり。お役に立てるかわからないけれど、相談してみようと思うの」

「ぜひ！　それでは早速、場を設けましょう。それでは」

「待ってちょうだい」

いそいそと出ていこうとする珀を呼び止める。

珀は驚いた顔をしたものの、すぐに戻ってきた。

「なんでございましょうか」

「代わり、といってはなんだけど、ひとつ頼みたいことがあるの」

頼み、という言葉に珀がわずかに目を見開いた。

後宮で生きていた頃の雪花は、誰かに頼ることや甘えることが苦手で、なにかを誰かに願うことすらしなかったのだ。

頼みを聞く代わりになにかを要求するようなことをしたのが意外だったのだろう。

嫌な顔をされるかと一瞬考えたが、珀の表情はどこか嬉しげだった。

「この拍にできることでしたら、なんなりと」

「教えていただきたいことがあるのです」

深呼吸をして雪花はゆっくりと口を開く。

「……先帝の妃が起こした事件についてです」

「ほう……」

探るように細まった目が、雪花を見つめる。

今、雪花が知る中で一番古くからこの後宮に勤めているのは拍だ。

普剣帝がまだ皇子だった頃から側仕えをしていた彼ならば、官吏を埋めたという妃を知っていてもおかしくはない。

（間違えないようにしないと）

尋ね方次第では、拍はきっとうまく誤魔化してしまうだろう。

太監《たいかん》を初めとした宦官《かんがん》たちはいらぬ騒ぎを起こすのを好まない。その妃の親が強い影響力を持っていたとしたら、教えてくれない可能性もあると雪花は考えていた。

「今、後宮で広がっている不吉な噂をご存じでしょうか」

「さて。ここは女の園。常に様々な噂が広まっておりますので、どれのことか」

「かつて、この後宮で無辜《むこ》の死を迎えたある官吏の話です」

「……」

拍は返事をしなかったが、沈黙したことが答えなのだろう。

しかし雪花を見る表情は、先ほどから一切変わらない。

「その騒ぎを起こしたのがどなたなのか、あなたは覚えていらっしゃいますか？」

「……公主さまはそれを知ってどうなさるおつもりでしょうか」

「どうもしないわ。当時の私はなにも知らなかった……だから、噂になるような凄惨《せいさん》な出来事が起きていたのだとしたら、知っておきたいの。陛下を説得するためにも、必要なことだと思うから」

「……さようでございますか」

雪花の言葉を最後まで聞いた拍は静かにうなずくと、目配せをして周囲の官吏や女官たちを退出させた。

ふたりきりの空間に重い空気が流れる。

「公主さま。先に申し上げておきますが、その妃は後宮を出ておりますし、生家もすでに政治には関わっておりません。ですが一度不問に処したことを蒸し返せば、いらぬ災いが起きることは目に見えております。それでもお知りになりたいのですか？」

とても静かな声ではあったが、曖昧《あいまい》な答えは許さないという圧を感じた。

先帝の時代はすでに過去になりつつある。

その時分のことを掘り起こすのは決して褒められたことではないと、雪花にもわかっていた。

　だが。

「……必要なことなのです。もし、私の考えが正しいのなら、今このときに知っておかなければ、きっと私は後悔します」

　もしあの噂が誰かが悪意を持って広めたものだとしたら。

「その妃に遺恨《いこん》があるわけでも、当時の処置に異論を唱えたいわけでもないのです。ただ、知りたいのです」

　明心の言葉と拍の態度から察するに、なんらかの圧力があって隠された官吏の死。今になって過去を蒸し返し、呪いにまで話を広げようとしている誰かがいる。その正体を探るために、まずは全てを知る必要があると雪花は考えていた。

「……」

　決意を込めて見つめると、拍は少しだけ困ったように眉を寄せ、それから緩《ゆる》く首を振った。

「かないませんな……さすが公主さま、と言ったところでしょうか」

「え……？」

　先ほどまでの重い空気が消える。

　拍の表情は悲しそうでもあり、嬉しそうでもあった。

「承知しました。私の知る限りのことをお教えするとお約束いたします」

「……！　ありがとう！」

　では早速と身を乗り出した雪花を拍が制した。

「今はまだ無理です。この件に関しては私も知らぬことがいくつかあるのです。曖《あい》昧《まい》な情報を公主さまにお伝えするわけにはいきませんので、少しお待ちいただけますか」

「でも、それでは……」

「決して公主さまを謀《はか》ろうなどとは考えておりません。いくつかの出来事を確認させていただきたいだけなのです」

　焦れた気持ちで唇を噛むと、拍が申し訳なさそうに眉を下げた。

「まずは陛下とお話をなさってください。その間に、公主さまがお知りになりたいことは全て調べてまいりましょう。この拍をどうか信じてください」

　床に膝を突いて頭を下げる姿に、なにも言えなくなる。

　知っていることを今すぐ聞いておきたい気持ちはあるが、拍がここまで言うからにはなにか事情があるのだとも察せられた。

「……わかりました。あなたを信じてお待ちします」

「広いお心に感謝を。それでは陛下と話せる機会を作ってまいりますので、知らせをお待ちください」

うなずくと、今度こそという勢いで拍は月花宮から出ていった。

残された雪花は深く息を吐くと、その場にずるずると座り込む。

後宮で誰かとこんな取引めいた話をしたのは、初めてだった。

自分にもできたという高揚感と、後ろめたさにも似た居心地の悪さがこみ上げてくる。

(とにかくこれで、噂の根源がわかるはずよ)

火のないところに煙は立たない。

その火を起こしたのが誰かを掴めば、きっとなにかがわかるはずだ。

＊＊＊

拍からの使いが来たのは、その日の夕刻だった。

珍しく眠れずにぐずっていた林杏を抱いて庭を歩いていたところに、使者が来たのだ。

「困りましたね。今日のお嬢さまは私ではご不満のようだ」

夕嵐に預けてみたものの、どうにも収まりが悪いのか、林杏はずっとぐずぐずと泣いていた。

どの女官の手に預けても同様で、雪花でなければ嫌だと全身で訴えている。

困り顔の雪花に、呼びに来た拍の使いも困り顔だ。

(陛下をお待たせするわけにもいかないし……どうすれば)

いっそ抱いていこうかと門の前で迷っていると、ためらいがちに門が叩かれ、ゆっくりと開いた。

「どうしたのだ？　林杏がずっと泣いているが」

顔を覗かせたのは、女官を伴った天霞だった。

近くを通りかかったところ林杏が泣いている声が聞こえたので、たまらず駆けつけてきたという。

「林杏よ、なにがそんなに悲しいのだ？」

優しい声で呼びかけながら天霞が林杏の頭を撫《な》でると、不思議なことにぐずりが少し収まった。

もしかしてと思い抱かせてみると、林杏は小さな瞳をくりくりと輝かせ、天霞をじっと見つめていた。

「泣きやんだ……！」

「ふふ……よもや妾《わらわ》に会いたかったのか？　本当に愛らしい子だ」

微笑みながら林杏をあやす天霞の顔は嬉しそうだ。

雪花を含めた周囲が安堵《あんど》の息を吐き出すと、天霞が不思議そうに首をかしげた。

「どうしたのだ、揃《そろ》いも揃《そろ》って」

「天霞さま。実は私、今から出かけなければならないんです。少しの間、林杏を預かってはくれませんか？」

本来なら預けることはしないが、今回ばかりは特別だ。

「お安い御用だ。こんなに可愛い林杏を抱けるのだから、役得だぞ」

「ありがとうございます。この御礼は必ず」

「よいよい。妾《わらわ》とおぬしの仲であろう。そうだ、林杏を連れて散歩に行ってもよいか？　供はつけるゆえ」

「ええ、ぜひ！」

にこにこと嬉しそうに微笑む天霞に何度も礼を言い、雪花は使者とともに月花宮を出た。

案内されたのは、小さな池の畔《ほとり》に建てられた小屋だった。

周囲には人気がなく、入口には見張りの兵士が数名いるだけだ。

「公主さま。お待ちしておりました」

扉を開けてすぐに出迎えたのは拍だ。案内役の使者は入口から先には入ってこず、すぐに姿を消した。

「あの、ここは？」

「考えごとをなさるときに使う場所です。人払いをしておりますので、気がねなくお話しください」

案内されて奥の間へ向かうと、窓際の席に腰かけた普剣帝がお茶を飲んでいた。

「陛下」

呼びかけると普剣帝が振り向き、それから驚いたように目を丸くした。

「雪花。どうしてここに……」

そこまで言って、普剣帝がハッとしたように拍へ視線を向けた。

「お前か」

「陛下、どうか公主さまのお話を聞いてください」

その場に平伏した拍に、今度は雪花が目を丸くする。

「勝手にこのような場を設けてしまった罰は後ほどいくらでも受けます。ですが、どうか……どうか……」

何度も頭を下げる拍の姿に雪花がおろおろとうろたえていると、普剣帝は盛大な溜息をついた。

「お前を処罰する気はない。まったく……」

やつれた顔が雪花のほうを見る。

滲《にじ》み出る疲れと諦めに、胸が締めつけられるようだった。

「拍が無理を言ったようだな」

「いいえ。私が望んでお願いしたのです」

はっきりそう告げると、普剣帝が驚いたように目を見開く。

これまで雪花が自分の気持ちや考えを人に主張することは、ほとんどなかった。

ただ流されるまま、嵐が過ぎ去るのを待つだけの生き方しか知らなかったのだ。

でも、今の雪花は違う。

「陛下。どうぞ、後宮での宴《うたげ》をお許しください。そして、三妃にご寵愛《ちょうあい》を向けられてください」

床に膝を突いて頭を下げると、普剣帝が息を呑む音が聞こえた。

「……お前が、それを、私に言うのか」

苦しみにまみれた声だった。

顔は見えなかったが、怒っているのかもしれない。そう雪花は感じた。

普剣帝にとって最愛の人は雪花の母ひとりだ。

雪花が口にした言葉は、その母のことを過去にせよという意味にほかならない。

「どうしてだ雪花。お前はそれでいいのか。朕は……朕は……」

取り乱したその口調に雪花が顔を上げると、普剣帝は両手で己の顔を覆い、苦しげに呻《うめ》いていた。

拍をはじめとした周りの者たちが慌てた様子で駆け寄ろうとするが、雪花はそれより先に普剣帝に手を伸ばしてその身体にしがみついた。

「利普兄さま」

「……！」

普剣帝が動きを止める。

雪花の腕の中に収まる身体はすっかり痩《や》せており、普剣帝がどれほど追い詰められているかを伝えてくる。

「もうよいのです兄さま。もう、苦しむのは終わりにしましょう」

優しく背中を撫《な》でながら、ゆっくりと言葉を紡ぐ。

「忘れなくてもよいのです。過去にする必要などないのです」

ずっと考えていた。どうすれば普剣帝の苦しみを和《やわ》らげることができるのかと。

愛する人を何度も失った悲しみは、雪花にはわからない。

けれど、できることはあるとようやく気がついた。

「私が一緒に、覚えておきます」

「……なに、を」

「月花宮で、私が陛下を兄さまと慕ったあの日々をです。私が全部覚えておきます。幸せだった思い出を、一緒に語りましょう」

ほんのひとときではあったが、父と母と雪花の三人でともに過ごした時間は間違いなくあったのだ。

温かく優しい記憶は、雪花の中にまだちゃんと残っている。

「そしてこれから先は私が一緒に悲しみます。泣きたいときは私を呼んでください」

優しい記憶も悲しい記憶も、ともに背負うと雪花は決めた。

「どうかもう、ひとりで苦しむのはおやめください」

同じ人を想える相手がいる。

この世でふたりだけの家族として、同じ気持ちを分かち合える。

それをわかってほしいと伝えるために背中に回した手に力を込めると、力なく下がっていた普剣帝の腕が雪花を緩《ゆる》く抱き締めた。

「……っ……」

雪花の耳にだけ届いた声に、涙が滲《にじ》んだ。

すぐに変わることは難しいだろう。

それでも、もう前を向くときが来たのだ。

「陛下。どうか……この国には陛下とその後継が必要です。私のように悲しむ者が生まれぬように、私の子どもたちが笑って過ごせる国を作っていくために……どうか」

祈るような願いを込めて呟くと、腕の中の普剣帝が力強くうなずいた。

きっともう大丈夫。

そんな予感に、雪花もまたうなずいたのだった。

＊＊＊

しばらくの間を置いて普剣帝から離れた雪花は、床に膝を突いて先ほどの非礼を詫びた。

気にするなと声をかけられたが、皇帝である普剣帝に許可なく触れたのだから形だけでも謝罪しておかねば示しがつかないと、雪花は譲らなかった。

そんなやりとりを経てようやく落ち着きを取り戻したふたりは、石机を挟んで向かい合わせの席につく。

お互いに目元が少しだけ赤いのが気恥ずかしく、ぎこちなく微笑み合った。

「なんだか目の前の霧が晴れたような気分だ」

そう静かに呟いた普剣帝の表情は、とても穏やかなものだった。

雪花が明心に再会して心のしこりを溶かしたように、雪花の言葉が普剣帝の心に巣くっていたなにかを払ったのかもしれない。そうだな……もう、前を向くときが来たのかもしれぬ」

噛み締めるような言葉とともに普剣帝は目を閉じる。

「……宴《うたげ》を禁ずるなどという馬鹿げた命令は出さない。広場の改修が終わり次第、宴《うたげ》を開こう」

「陛下……！」

「拍、三妃たちに伝えてくれ。長く待たせたと」

普剣帝からの言葉に拍は声をつまらせると、その場に平伏した。

「承知いたしました。今すぐ後宮に使いを出しましょう」

言うが早いか拍は立ち上がり、すぐさま部屋を出ていった。きっと誰かに言伝を頼むのだろう。

「陛下……いいえ、お父さま。酷なことを言ってしまいました」

「いや、よいのだ。お前に辛い役目をさせてしまった……本当に不甲斐ない父だ」

「いいえ。もっと早くにお伝えするべきでした。私たちは……耐えすぎたのかもしれません」

本当なら悲しみや愛しさを共有してお互いの傷を癒やすべきだったのに、立場がそれを邪魔した。

普通の親子なら乗り越えられたことを長く拗《こじ》らせたふたりには、これくらいの時間ときっかけが必要だったのだ。

「立派になったな、雪花」

感慨深そうに目を細める普剣帝は、父親の顔をしていた。

「その全てが蓮の影響かと思うと、父は少し複雑だ。帰ってきたら嫌味のひとつでも言ってやろう」

「まあひどい」

なんだかおかしくなって笑うと、普剣帝は軽く肩をすくめる。

「それくらいよいではないか」

「あまり蓮を困らせないでください。ただでさえ……」

語らいの最中、少し離れたところから大きな物音が聞こえた。

なにごとかと身体を硬くした雪花を庇《かば》うように、普剣帝が立ち上がる。

少しの間を置いて、誰かが駆けてくる足音が響いた。

普剣帝が壁に立てかけてある護身用の剣を手に取ったのと同時に、勢いよく扉が開く。

「大変です！」

それは先ほど部屋を出ていったばかりの拍だった。

顔色は蒼白で、普段の冷静な姿が嘘のように取り乱している。

「なにごとだ」

「それが……それが……」

唇をわなわなと震わせ、拍はその場に座り込んだ。

その視線は普剣帝ではなく、なぜか雪花に向いている。

「て、天霞さまが姿を消しました」

「なっ……天霞さまが……どうして……」

「庭園を散策されている最中、ほんの一瞬目を離した隙に姿が見えなくなったと」

「さん、さく……」

自分の声がどこか遠くに聞こえた。

ここに来る直前に見せてくれた、天霞の嬉しそうな笑顔が思い浮かぶ。

『林杏を散歩に連れていってもよいか？』

頭がひどく痛い。耳の奥で自分の鼓動が激しく脈打つ音が聞こえる。

りん、と帯飾りにつけた小鈴が震えた。

「雪花、嫌な気配がする。道具たちが叫んでる」

焦りを帯びた小鈴の声が鈴の音に混じる。

全身の肌が粟立ち、指先が冷たくなっていく。

「天霞はひとりで消えたのか？」

「それが……腕に、林杏さまを抱かれていたと……おふたりとも、どこにもおりません」

「っ……‼」

声にならない悲鳴が喉から溢れる。

雪花が出かけるのを嫌がるようにぐずった林杏の泣き声が、頭の中に鳴り響く。

「り、林杏……林杏……‼」

いてもたってもいられず小屋を飛び出そうとした雪花の腕を、誰かが掴んだ。

大きな手に引き寄せられ、雪花は普剣帝の腕の中に閉じ込められる。

「落ち着くのだ、雪花」

「離してください！　林杏が！　林杏が‼」

「拍！　今すぐ兵士を後宮に送れ。後宮中を捜せ。必ず見つけ出せ」

「承知しました！」

普剣帝の言葉に拍は慌てて立ち上がると、来たときと同じように慌ただしく小屋を出ていった。

「離して！　行かないと！　私が、行かないと！」

「ならぬ。もしこれが誰かの手による拐《かどわ》かしならば、お前まで狙われるやもしれぬ」

拐《かどわ》かし、という言葉に血の気が引く。

今の後宮でそんなことが起きるわけがないのに、どうして。

なんらかの勘違いで騒ぎになっているだけで、ただ道に迷っているだけかもしれない。雪花を驚かせるためのちょっとした悪戯《いたずら》かもしれない。

楽観的な想像をしようとするが、頭の中は恐怖でいっぱいだった。

『この後宮で人が消えているのです』

春碧の言葉がはっきりと思い出される。

行方知れずになった三人の女官。

最初のふたりは一緒に消えたと夕嵐は言っていた。

そしていまだに行方は知れていない。

「いやっ、いや……いやぁぁっ！」

悲鳴を上げながら、雪花はその場に崩れ落ちたのだった。

四章　忘れられぬもの

「母上、母上」

翠の呼びかけに目を開けると、そこは見慣れた月花宮の室内だった。

燭台《しょくだい》の灯りで橙色に染まった室内とひんやりした空気に、今が夜なのだと理解した瞬間、雪花は跳ねるように身体を起こした。

「林杏っ！」

天霞とともに行方不明になったと知らせを受け、衝撃に叫んだところまでは覚えている。

悪い夢であってほしいと思って周りを見ると、目を赤くした翠と、顔色の悪い夕嵐や女官たちが控えていた。

その表情に現実を悟った雪花は低く呻《うめ》く。

「奥さま、どうか落ち着いてください。今、兵士たちが後宮中を捜しております」

「……まだ、見つかっていないのね」

無言でうなずく夕嵐に、雪花は両手で顔を覆った。

こんなことなら林杏も連れていくべきだったと後悔で叫び出しそうになる。ともに行方知れずになった天霞を案じたいのに、頭の中に浮かぶのは愛しい我が子の安否ばかりだ。

泣いていないだろうか、お腹を空かせていないだろうか。

この腕の中に林杏がいないことが恐ろしくて仕方がなかった。

「……そうだっ！」

雪花は慌てて腕にはまった細い腕輪を見る。

薄紅色の石はまだ美しい形を保ったままだ。

（ということは、まだ林杏の身にはなにも起きていない）

安堵《あんど》で全身の力が抜けそうになるが、油断できる状況でないことは変わらない。

いつこの石が砕けてしまうかと考えるだけで、全身の血が凍るような恐怖が押し寄せる。

「母上……」

か細い声を上げながら、翠が雪花にしがみついてきた。

小さな手は細かく震えており、どれほど心細かったかが伝わってくる。行方知れずになった妹に、倒れた母。

幼い心でどれほどの不安と戦ったのだろうかと思うと胸が痛んだ。

「翠……ああ、翠」

「母上、林杏は……林杏は無事でしょうか」

雪花が口を開くより先に、翠の目に涙が盛り上がる。

「ぼ、僕が悪いんだ……」

「え？」

「母上がいなくなって、また林杏が泣いたんだ。天霞さまが外に散歩に行くって言ったとき、僕、もう眠くて……だから、夕嵐が一緒に行けなくて……」

喉を詰まらせながら、翠は天霞たちが月花宮を出たときのことを語った。

雪花が普剣帝のもとに出かけてすぐ、林杏が再びぐずりだしたのだという。

一緒に散歩に出かけるつもりでいた翠だったが、その日は朝早くから張り切って書を読み込んでいたせいか、ひどく眠くてたまらなかった。

そのため、夕嵐は翠について月花宮に残ることになったのだと。

「僕が起きてればよかった。一緒に行けば……そしたら林杏はっ……」

悲鳴のような声で叫ぶ翠を、雪花は掻《か》き抱く。

「違うわ翠。どうか自分を責めないで。あなたはなにも悪くない」

「そうですよ坊ちゃん。全ては私の不徳の致すところです。旦那さまに申し訳が立たない……」

「夕嵐……」

うなだれる夕嵐も、ひどくやつれていた。

ひょうひょうとした普段の様子からは信じられないほど憔悴《しょうすい》している。彼もまた林杏の身を心から案じているのだ。

「林杏……」

翠の悲痛な声に心が焼き切れそうだった。

「……一体なにがあったの？　教えてちょうだい」

あのとき拍から伝えられたのは、最低限の情報だった。

状況がわかれば、なにかできることがあるかもしれない。雪花は折れそうな心を必死に立て直した。

「私が見たのは天霞さまが供の女官とこの宮の女官、そして護衛の兵士を連れて月花宮を出たところまでです」

夕嵐が語ったのは、翠が教えてくれたこととほぼ変わらない内容だった。

ぐずぐずと泣き出した林杏をあやしていた天霞が、気分転換をさせようと近くにある花園まで散歩に行くと言いだしたのだと。

「出がけに奥さまがお許しになっていましたし、花園はすぐそこです。坊ちゃんが寝ついたら、私も追いかけようと思っていたのですが……」

眠った翠を女官に頼んで門を出ようとしたところで、血相を変えた女官が駆け込んできたのだ。

「一緒に行った子は誰？」

「わ、わたくしでございます……」

声を震わせて一歩前に出たのは、拍が連れてきた若い女官だった。

かわいそうなほど身を震わせ、涙を流している。

「目を離した隙に姿が消えたと聞いたけれど……どういうことなの？」

なるべく責めるような口調にならないように問いかけるが、女官は掠《かす》れた声を上げながらその場にしゃがみ込んでしまう。

「お許しください……わたくしたちもなにもわからないのです」

両手をこすり合わせながら女官が語ることには、花園には人気がなく、出入り口に見張りの兵士が立っていただけだという。

林杏を腕に抱いた天霞の少し先を供の女官が歩き、彼女はその後ろをついて歩いた。

少し離れた場所では、同行した兵士が彼女たちを見守っていた。

「林杏さまはすぐに泣きやまれて、天霞さまの腕の中でお眠りになったようでした。身体を冷やす前に戻ろうと、そう話していたのです」

黄昏時に子どもが泣くのはよくあることで、日中の疲れと興奮のせいだろうと天霞が女官たちに語っていた最中だった。

「急に強い風が吹いて……花が舞い散ったのです。目を開けていられず、思わず顔を伏せました……」

「風？」

「はい……まるで突風でした」

おや？　と雪花は首をかしげる。

普剣帝と話している最中に、そんな風は吹いただろうか。

「次に目を開けたとき……天霞さまと林杏さまのお姿はどこにも見えず……もうしわけありません、もうしわけありません……」

そこからはもう言葉にならないようで、女官は床にひれ伏して泣きはじめた。

雪花は女官を責めることもできず、翠を抱き締めて顔を伏せる。

（どうすればいいの。蓮に連絡するべきよね……でも）

帯飾りにつけた小鈴を人の姿に戻せば、蓮は今すぐにでも駆けつけるだろう。

娘が行方知れずになったのだ。逆に今知らせねば、いつこの力を使うというのか。

腕輪のことがあるとはいえ、必ずしも林杏が無事とは限らない。早く捜し出さなければ。

（夕嵐に言って人払いを……）

小鈴に手を伸ばしながら雪花がそう考えていると、部屋の外で誰かの声が聞こえた。

「兵士でしょうか」

「なにか知らせを持ってきたのかも」

女官たちの表情がにわかに色めき立つ。

その言葉を証明するように少し乱暴な足音が近づき、次いで部屋の扉を叩く音が響いた。

確認するようにこちらを見た夕嵐にうなずくと、扉はすぐに開かれる。

「公主さま、お体の具合はどうでしょうか」

「拍太監《たいかん》……」

顔を出したのは拍だった。その背後には兵士が控えており、物々しい雰囲気だ。

「林杏は……天霞さまは見つかったのでしょうか」

祈るような気持ちで尋ねると、拍は目を伏せて首を振った。

じわじわとした絶望が雪花の心を刺し、腕の中の翠がひときわ大きく泣き声を上げる。

「花園を中心にずっと捜索をしておりますが、痕跡ひとつございません」

「そんな……」

「間違いなく言えることは、騒ぎが起きて以後は誰も後宮の外に出ていないということです。出入りの商人であっても出門を禁じて留め置いています」

「皇城のほうに行った可能性は？」

「そちらのほうが難しいでしょう。後宮から皇城へ続く門は、常に衛兵が守っております」

「そう、よね……」

ならばまだふたりはこの後宮の中にいるということだ。

「可能な限りの人手を費やしておりますが、全ての宮、全ての部屋まで改めるとなると……」

言葉を濁《にご》した拍の気持ちが手に取るようにわかり、雪花はうつむいた。

後宮はとても広い。幾筋にも分かれた道を歩いて回るだけで、大人の足でも一日がかりだ。

（もしどこかの宮に身をひそめているとしたら……移動されたら捜せないかも）

雪花とて、この後宮の全ての宮を把握しているわけではない。

月花宮のように小さな居宅風のものもあれば、麗貴妃《きひ》が使っていたような屋敷めいた場所もある。

「なにか手がかりはないのでしょうか」

「いろいろと調べておりますが……百々花宮の女官は強い風が吹いて振り返ったとき

には、ふたりが消えていたと証言しております」

「……こちらの女官も同じことを言っていたわ」

風など吹いていないはずなのに。

「本当に不思議なことです。女官たちの証言通り、花園の花はまだ盛りの時期だというのに半分以上が散っておりました……」

雪花の抱く疑問を拍も感じているのがわかった。

だが、あまりにも些細《ささい》なことだ。

ある場所では風が吹き、ある場所では無風ということがあってもおかしくはない。

（だとしても）

なにか重大なことを忘れている気がした。

表現できない不安と居心地の悪さが雪花を苛《さいな》む。

林杏と天霞の失踪《しっそう》が、これまでに消えた女官たちと関わりがあるのかすらわからない。

「とにかく今夜は朝まで火を絶やさず捜索を続けます。公主さまはどうぞ御身を大切に、月花宮から出ませぬように」

「っ、私も捜します」

「なりません。これは陛下からの厳命です。公主さまは決して月花宮の外には出るなと」

「……！」

まさかの命に雪花が固まると、拍は申し訳なさそうに眉を下げる。

彼もまた、この現状を苦々しく思っているのだろう。

「お願いします。ふたりを、ふたりをどうか無事に見つけてください」

「どうぞご容赦《ようしゃ》ください」

「わかっております」

早くこの地獄から救い出してほしいと願いながら雪花は拍に頭を下げた。

「……こんな状況でする話ではないかもしれませんが、先日、お尋ねになった件について調べがつきました。お聞きになりますか」

はっとして顔を上げた雪花は、夕嵐に命じて女官たちを退出させた。

拍も兵士たちに門を守るように命じ、部屋の中には雪花と翠、そして夕嵐と拍だけになる。

「この夕嵐は事情を知っています。私の代わりにいろいろ調べてくれたのです」

「承知しました……が、翠さまはよいのですか？　子どもに聞かせるような話ではないのですが」

「……眠っています。どうかこのままで」

泣き疲れたのか、翠は雪花の腕の中で寝息を立てていた。

起こしてしまうのが忍びなく、雪花はそのまま自分の寝所に翠を寝かせて、拍へ向き直った。

恭《うやうや》しくうなずいた拍はもう一度室内を見回し、雪花たちのほうへ数歩近づく。

「公主さまがお捜しの妃は鶸妃《ヒワ》と言いまして、千寿宮《せんじゅ》にいた者です」

「千寿宮の鶸妃……ですか」

「はい。事は先帝陛下と寵妃《ちょうひ》の皆さまが近くの寺院へ参拝に行っているときに起きました。若い官吏が鶸妃の宮に侵入し、不埒《ふらち》な行いに至ろうとしたがため、鶸妃によって罰せられたのです」

雪花が聞いた話とはずいぶん違う話だった。

夕嵐は思い切り顔をしかめていたが、雪花は拍の言葉を遮《さえぎ》らずに黙って話を聞いた。

「正しい裁きもなく官吏の命を奪ったことで鶸妃は咎《とが》められましたが、事情が事情でしたし、彼女の父が書記官として陛下の覚えもめでたかったことから、禄《ろく》を半分に減らすことで不問に処しました」

「死んだ官吏は、どのような方だったのですか」

「その官吏は当時珍しい市井《しせい》の出身でした。科挙の試験で優秀な成績を収めた、誠実で寡黙な若者だったそうです。周囲からの評判もよく、鶸妃を襲うような人物ではなかったと……ですが、異を唱えるにはあまりにも立場が弱かった」

後宮妃という強い権力を持つ者に虐《しいた》げられても逆らえない立場にいた彼の死は、黙殺されることになった。

「騒ぎが大きくなるのを憂《うれ》いて事件には箝口令《かんこうれい》が敷かれ……今に至ります」

残酷な事実に、空気がずんと重くなる。

だが雪花は、官吏の死以上に気になったことがあった。

「それは事実なのですか？　私は鸝妃と交流はありませんでしたが、お姿は覚えております」

鸝妃は、花に例えるのなら鈴蘭のような、楚々《そそ》として可愛らしい見た目をしていた。

集団で集まっていても一番後ろに控えているような、大人しい妃だった。

いくら襲われそうになったからといって、官吏を生きたまま埋めるような恐ろしいことをする人物とは思えない。

なにより広まっている噂とも、明心から聞いた話とも、あまりにもかけ離れている。

「記録では、と申し上げました」

意味深な拍の言葉に、雪花は唇を噛んだ。

「つまり事実とは異なる、ということですね」

「はい。私が公主さまに話をするのを待っていただいたのは、そのためです」

長い息を吐き出した拍の表情には、疲労と沈痛さが滲《にじ》んでいた。

「……鶍妃は無実です。そして官吏も、決して記録に残っているような行いをする若者ではなかった」

「やはり、そうですか……」

予想通りの答えにうなずくと、話を聞いていた夕嵐が驚いたように声を上げた。

「え？　どういうことですか？」

「鶍妃は、誰かの罪を被ったのでしょう」

うなずいた拍はきつく目を閉じていた。

「とある妃が陛下の不在を狙い、官吏を千寿宮に引き込んだのだそうです。ですが官吏は拒んだ。それに怒った妃が官吏を鞭打たせ、生きたまま千寿宮に埋めたのです」

部屋の中が静まり返る。

その光景を誰もが思い浮かべたのだろう。

「……むごいことを」

「私が事を知ったのは全てが終わったあとでした。先帝陛下は鶍妃の自白を事実として処理することを決定し、鶍妃は沙汰が下った後、僧院へ入りました。千寿宮は閉鎖となり、当時関わった者たちは口を閉ざしたのです」

「それが事実なら……官吏の遺体はまだ千寿宮に？」

明心に聞いた話によれば、官吏は家族のもとには返されていないはずだ。

「はい。鶸妃はどこに官吏を埋めたのかを頑《かたく》なに言わなかったそうです。千寿宮は居宅こそ小さいものの、広い庭と池があります。全て浚《さら》うとなれば多くの人手を要します。先帝陛下は騒ぎを大きくするのをよしとせず、放置したのです」

「そんな……では、官吏の家族は……」

「せめて弔《とむら》わせてほしいと官吏の生家から訴えがあったそうです。許嫁もいたそうで……ですが、結局は……ひどいことです」

どれほど無念だったことだろう。

後宮に出入りできるほど出世をした官吏を誇りに思っていただろうに、不名誉な罪を着せられ遺体すら返してもらえなかった。

許嫁だった娘も、想像を絶する苦しみを味わっただろう。

「これが、事の次第の全てです」

「……待って。本来罪に問われるべきだった妃はどなたなの？」

肝心の名前を聞いていないと雪花が問うと、拍は悔しそうに首を振った。

「鶸妃は最後までそれが誰か口にしませんでした。関わった女官も太監《たいかん》もです。中には毒をあおった者もおります。おそらく、相手に圧力をかけられたのでしょう」

「そんな……本当にわからないの？　今からでも鶸妃に話を聞くことはできない？

せめて官吏の身体を家族に返してあげることはできるでしょう？」

それでは鶡妃も死んだ官吏も、誰も報われないままではないか。

蒸し返すつもりはないが、せめて官吏を正しく弔《とむら》ってあげたかった。

「それが……鶡妃は先帝が崩御《ほうぎょ》してすぐに亡くなっています。自ら水と食事を絶ったとか」

「……そんな」

「噂はいくつかありました。ですが、どれも曖昧《あいまい》なもので確たる証拠はなく……鶡妃が本当に無罪だったという話も、古参の女官からようやく聞き出せたほどです」

（明心も似たようなことを言っていた）

いくつかの妃の名前が挙がったという理由はそういうことなのだろう。

全ての罪を被って死んだ鶡妃は一体どんな思いだったのだろうか。

「かつて千寿宮に仕えていた女官が市井《しせい》に下ったという記録を見つけました。まだ生きているかはわかりませんが、私の配下に行方を追わせております。事実がわかったら、真っ先に公主さまにお伝えするとお約束しましょう」

「頼みます」

信じているとうなずくと、拍が少しだけうつむく。

「公主さまがこの件を調べているのは、例の女官たちが姿を消した件との関連を疑っているからなのでしょうか」

最初に尋ねたときには誤魔化したが、拍も噂は知っていたのだろう。

「無関係ではないと考えています。だってあまりにも不自然です。女官たちが消えただけならまだしも、その理由が官吏の呪いなど。誰かが意図的に噂を流していると考えるほうが自然です」

「……そう、なのかもしれませんな」

どこか苦しげに答える拍もまた、どこかでこの噂の背後になにかがあると感じていたのだろう。

「まさか今回の天霞さまたちの失踪《しっそう》もそれに絡んでいるとお考えですか？」

「……そうであってほしくない、とは思っています」

考えないようにしていたが、その可能性は否めない。

その証拠に拍が語り出してからずっと、誰かがこの部屋の様子を探っているような嫌な気配を感じていたからだ。

なにかがいる。

拍は気がついていないし、夕嵐はそもそもそういった気配に影響されない性質だ。翠が起きていればなにか感じたかもしれないが、今は眠っていて尋ねることはできない。

「私も違ってほしいと思っております。なんにせよ、今は林杏さまと天霞さまの行方捜しが最優先です」

それまでの空気を打ち消すような強い口調だった。

拍は背筋を伸ばすと、深く頭を下げる。

「必ず見つけ出します。どうか公主さまは気持ちを強くお持ちください。あなたにまでなにかあれば、陛下は冷静ではいられないでしょう」

どこか含みのある言葉に、雪花は息を呑んだ。

「拍太監《たいかん》、あなた……」

知っているのだと。

きっと拍は、雪花と普剣帝が親子であることを知っている。

「我が子の行方が知れないのに、私にただ待っていろとおっしゃるのね」

「陛下はずっと苦しんでおいででした。次になにかあれば、陛下の心はもう持たないかもしれません。公主さまのおかげでようやく前を向こうとしているあの方のためにも、どうか御身を第一にお考えください。酷なことを申し上げているのはわかっております。どうか……」

返事を待たず、拍は部屋を出ていった。

同時に嫌な気配もなくなり、静かになった室内で雪花は小さく息を吐き出す。

「夕嵐。どう思う？」

「正直よくわかりません」

素直な答えだった。

「ただ、拍殿がおっしゃるように、今考えるべきはお嬢さまの行方だと思います」

「……私も、そう思うわ」

過去にかまけている時間はない。

大切なのは林杏だ。

「でも、私はどうしてもこのことが呪いの話と無関係とは思えないの」

「奥さま？」

「小鈴。あなた、言ったわよね……嫌な気配がするって」

帯飾りの鈴を持つと、小鈴がりんと鳴いて答える。

「言ったよ！　すごく嫌な気配がするって。たくさんの道具たちが一斉に叫んだの……『まただ』って」

「また……」

やはり、という気持ちがこみ上げる。

目が覚めてすぐのときは、混乱のせいで忘れていた。

だが拍と話している最中に、雪花は小鈴の叫びを思い出した。

「さっきの気配は呪い？」

「わからない……でもすごく嫌な気持ちだった。雪花、林杏を急いで捜そう。小鈴も手伝うよ。蓮さまにも知らせなきゃ」

必死で鈴を鳴らす小鈴を撫《な》でながら、雪花は考え込む。

ここで蓮を呼ぶべきなのはわかっている。

小鈴が聞いた声が道具たちが呪いを感じてのものだとしたら、ここから先は間違いなく蓮の領分だ。

蓮の安否も気にかかるが、小鈴が無事に喋れているのなら健勝でいるのだろう。

林杏も蓮が作ってくれた守珠がある限りは、きっと無事だ。

「蓮は今この国のために役目を果たしている最中なのよ。邪魔はしたくないわ」

後宮を出ていくときに蓮が見せた決意は、間違いなく本物だった。

雪花たちが生きる未来のためにも役目を果たさねばと、そして、必ず帰ってくると言った。

「私は蓮に子どもたちを任された。今は私がやるべきことをするときだわ」

「雪花、でも……」

小鈴が声を上げたときだった。

布ずれの音とともに、先ほどまで寝息を立てていた翠がゆっくりと身体を起こしたのだ。

「……母上」

「翠、起きたの？」

うなずく翠の目元は腫れぼったく、表情は暗いままだ。

「僕が手伝う」

「え？」

「林杏を捜すのを、僕が手伝う」

「手伝う、って……」

なにを言い出すのかと雪花が慌てていると、翠が目をこすりながら寝台を降りて、
雪花を見つめた。

「小鈴が言ってた道具たちの悲鳴、僕にも聞こえたんだ。『まただ』って。でもなにがまたなのか、僕にはわからなかった。それにさっきの気配……すごく嫌なものが外にいる」

確信を持って語られる言葉に、雪花は生唾を呑み込む。

「母上、僕が道具の声を聞く。人ではない彼らなら、きっと林杏たちがどこにいるか教えてくれるはずだよ」

「翠……」

頼もしい言葉に胸が痺《しび》れる。

あんなに弱々しく小さかった少年が、こんなに大きくなったのだと。

「今から林杏が消えた花園に行こう。そして、そのなんとか宮にも行ってみようよ」

「ダメです」

そこで翠を止めたのは夕嵐だ。

腰に手を当てて眉を吊り上げる姿に、さっきまで凛々《りり》しかった翠が一気にたじろぐ。

「坊ちゃんはまだ子どもです。危険な目には遭わせられません。もし坊ちゃんにまでなにかあれば旦那さまに顔向けできません」

「でも」

「でももだってもありません」

ぴしゃりと言い放つ夕嵐に、翠が唇を噛む。

「そもそも、こんな時間に子どもが外に出るなど許されません。先ほどの拍殿の言葉からして、宮の出入り口には見張りがいるでしょう。後宮の兵士が奥さまや坊ちゃんが外に出るのを見逃すとでも？」

「う……」

正論をぶつけられ、とうとう翠が小さな頬《ほお》を膨らませる。

「奥さまもです。林杏さまは旦那さまにとっても大切な御子。危機があったことを知らぬままでいたらどれほど悲しむでしょうか」

「……はい」

叱られる子どもはこんな気持ちなのだと思いながら、雪花も翠と並んでうなだれる。

「まったく。そもそもですよ、私には小鈴殿の声が聞こえませんからどんな話になっているかさっぱりですが、どうして普通の手段を取らないのですか」

「……え？」

「知らせるならまずは文を出すのです。旦那さまは陛下の命で仕事に行かれているのですから、陛下に事情を説明して旦那さまに早文を出してもらうのが最善でしょう」

「あ……」

それは当たり前のことだった。

小鈴を使って蓮を呼ぶことばかりを考えていたが、手段はそれだけではないのだと。

「明日の朝一番に、旦那さまへの手紙を書きましょう。拍殿も無下《むげ》にはしないはずです。返事を待ち、それでも間に合わないときは小鈴殿に託せばよいのです」

とうとうと語る夕嵐の言葉に、雪花と翠は顔を見合わせる。

道士の妻として生きる日々が長すぎて、人として当たり前のことを忘れかけていた。今、

「私には呪いのことや精霊のことはわかりません。ですが人のことはわかります。そして
この後宮にいる者のほとんどは林杏さまと天霞さまのために動いております。そして

おふたりのことを案じております」

「……夕嵐」

「林杏さまは絶対に無事です。今は待ちましょう」

力強い夕嵐の言葉に強く励《はげ》まされる。

先が見えない不安が消えたわけではない。だが、雪花たちに寄り添い必死に励《はげ》まそうとする優しさに、ひとりではないと思えた。

「そうね……ええ、そうだわ」

「母上……」

「翠、今日は一緒に寝ましょう。それから林杏を捜すために、私たちにできることを考えましょう」

「うん……」

恐怖を必死に呑み込むようにうなずく翠を抱き締めた雪花は、もう泣いてはいなかった。

まだ輝きを失っていない薄紅色の石をそっと撫《な》でる。

（待っていて林杏。必ず見つけるわ）

＊＊＊

翌朝。

日が昇り切る前に目を覚ました雪花は、夕嵐に命じて女官の服を用意させた。

誰が着るのかという問いに雪花はにっこりと微笑むと、夕嵐と翠を部屋から追い出し、その衣に袖《そで》を通した。

いつもは半分下ろしている髪を女官らしく全て結い上げ、小さな簪《かんざし》で飾る。そして化粧もいつもよりさらに薄く施し、下級女官の証である一粒貝の耳飾りをつけた。

鏡を覗き込むと、どこからどう見ても地味な女官がそこに立っていた。

蓮からもらった腕輪は目立つので懐《ふところ》にしまい、小鈴はいつものように帯飾りに収まってもらう。

「雪花すごい！　女官みたい！」

小鈴の歓声に、ずっと強ばっていた頬《ほお》が少しだけ緩《ゆる》む。

「昔、こっそり月花宮を抜け出して薬草園に行くときは、こうやって女官の装いをしていたの」

早朝など人気がない時間ばかりだったが、もし誰かに見られたとしても目立たないようにしていたのだ。

生きるために身につけた技術がこうやって役に立つとは不思議なものだと感慨に浸りながら、雪花は鏡の中の自分を見つめる。

外に出ると、翠と夕嵐が同時にこちらを振り返った。

「母上⁉」

「奥さま⁉」

ふたり同時に上擦った声を上げるものだから、つい笑ってしまう。それだけで、昨日から張り詰めていた心が少しだけ軽くなる気がした。

「これなら下働きの女官としてここを出てもわからないでしょう？」

「最初に聞いたときは無理だと思ったのですが……いやはやさすがですね」

「母上じゃないみたい」

呆けたふたりを交互に見つめ、雪花は苦笑いを浮かべる。

「それじゃあ作戦通りに行きましょう」

「はい」

目を覚ました雪花と夕嵐、そして翠はこれからのことについて散々話し合いを重ねた。

蓮への連絡は夕嵐が提案してくれた通り、手紙を書いて拍に託すことにした。

直接は頼めなかったが、彼が置いていった兵士に頼んだので必ず届けてくれるだろう。

そして雪花たちはただここで待っているだけではなく、官吏が埋められている可能性がある千寿宮に向かうことにしたのだ。

「千寿宮に行けば翠や小鈴が道具から話を聞き出せるはずよ。当時のことがなにかわかれば、林杏たちの居場所についても手がかりが掴めるかもしれないわ」

過去の事件と林杏たちの失踪《しっそう》は、どうしても無関係には思えないというのが雪花の考えだった。

それには翠と小鈴も同意していた。

「はっきりとはわからないけど、あの話をしているときに嫌な気配がしたの。絶対になにかあると思う」

「僕もそう思う。父上がいればもっとわかるんだろうけど……」

三人の意見が一致したことで、夕嵐も同行することが決まった。

「旦那さまから、なにかあれば必ずおふたりのそばにいるようにとおおせつかってますので。精霊や呪いが相手では役に立ちませんが、人相手なら壁くらいにはなれますし」

さらりと言ってのけるが、むしろ夕嵐こそ呪いに対してまったく心配がないという自覚はまったくないらしい。

頼もしい仲間たちと立てた計画はこうだった。

「月花宮からの出入りを禁止されているのは私だけよ。翠は禁止されていない」

そこで翠に、書院から借りている本を返しに行くという理由で外出してもらい、雪花はお付き女官、夕嵐は供として月花宮を出ることにしたのだ。

「そんなに簡単にいきますかね」

「私は見た目も地味だし、武官たちは毎日入れ替わってるから私の顔を覚えているとは思えないわ」

「なるほど……」

そうして雪花は女官たちに協力を仰《あお》ぎ、女官姿に変装したのだった。

うまくいくかどうかは賭けだったが、あっけないほど簡単に雪花たちは月花宮を抜け出すことができた。

後宮の中はどこも物々しく、兵士たちが駆け回っている。

林杏のこともあるだろうが、よく考えれば失踪《しっそう》した天霞は彼らの上官である貝将軍の娘。

その捜索はなによりも急務だろう。

「急ぎましょう」

もし疑われて声をかけられたら面倒だと、雪花たちは急いで千寿宮に向かった。

千寿宮は月花宮からはかなり離れた位置にあり、周囲は使われていない宮ばかりで閑散《かんさん》としている。

春碧が行った改修工事で手が入っているとはいえ、門が閉じられた宮が並ぶ通りはなんとなく薄気味悪い。

「ここだわ」

千寿宮と書かれた門の前に雪花は立った。

扉には鍵のついた鎖が巻かれており、立ち入りが禁止されている。

門扉や壁は美しく修繕《しゅうぜん》されているが、扉の中は手つかずなのだろう。

鎖はずいぶんと頑丈だ。錠前も錆《さび》が目立っている。

「鍵がかかっているわね」

「まかせて」

どう入ろうかと悩んでいると、小鈴が声を上げた。

帯飾りについた真鍮《しんちゅう》の鈴がふわりと浮き上がると、錠前にひたりとくっつく。

「えい！」

りん、と高い鈴の音が鳴った。

同時に錠前が震え、かちゃりと鍵の外れる音が響く。

「小鈴！　今のって……」

「えへん。私の本性は金属だからね。こうやって本体をくっつけることで、共振して動かすことができるんだよ」

鈴の姿ではあるが、すごいでしょうと胸を反らす小鈴の姿が目に浮かぶようだった。

鍵が取れてしまえば、あとは鎖を外すだけで扉は簡単に開いた。

「……うわぁ。年季が入ってますね」

夕嵐の感想の通り、千寿宮の中はずいぶん寂れていた。

落葉や枯れ枝がそこら中に落ちて、雑草も生え放題だ。石敷の通路も苔《こけ》むしており、まっすぐ歩くのが難しそうだった。

中の居宅は月花宮と大きさはさほど変わらないが、前庭はかなりの広さがあった。

居宅の後ろにも庭があるとすれば、宮としての規模は月花宮の倍近くはあるのではないかと思う。

「翠、小鈴、なにか聞こえる？」

「ううん……嫌な気配はするんだけど」

小鈴は困ったように身体を鳴らす。

夕嵐はスタスタと中に入っていき、庭の様子や居宅の中を確認して回っていた。

「中はほとんど朽ちてますね。手を入れても人が住める状態じゃないです。まるで嵐があったみたいに荒れ放題ですよ」

開きっぱなしの扉から中を覗くと、その言葉通り乱雑に物が散らばった室内が目に入った。

扉という扉は開け放たれ、箪笥《たんす》や机までがひっくり返っている。

「まるで誰かが大暴れした後みたいですね」

「……一体なにがあったのかしら」

この宮を使っていた鶸妃は僧院に身を寄せたはずだ。

だとすれば、身の回りを整えてから後宮を出ただろうに。

「誰かが家捜しでもしたんでしょうか」

「そう思う?」

「手癖の悪い女官か官吏か……どちらにしても怖いですけど」

「そうね……」

雪花はむしろ、そういうわかりやすい相手ならよかったと考えながら、居宅の中から目を逸らす。

「母上、裏庭に行ってみましょう」

そこに翠が駆け寄ってきた。

「どうしたの?」

「灯籠《とうろう》が少しだけ話せたんです。なんでも、裏庭に埋められた井戸があると」

「井戸」

聞こえるはずのない、井戸のつるべが落ちる音が耳の中でこだました。

「その灯籠《とうろう》は、昔は裏庭にあったそうですが、その井戸を埋めるために前庭に移されたそうなのです」

「井戸を埋めるとは穏やかじゃありませんね」

水源は貴重な財産だ。宮の中に井戸があるのはかなり珍しい。

「行ってみましょう」

＊＊＊

居宅の横を抜けて裏庭に出ると、想像していたよりずいぶん広い庭がそこにはあった。

大小様々な樹木が植えられており、小さな池がいくつか作られている。

「井戸はどこに……」

雪花が庭に一歩踏み出したときだった。

小鈴がりんと音を鳴らす。

「雪花、そこだよ。その桃の木、なにかおかしい」

「桃の木?」

指摘されて初めて自分の視線の先にあるのが桃の木だと気がつく。

まだ暖かな季節だというのに、一枚の葉さえつけていない痩《や》せた枯れ木がぽつんと植わっていた。

「この木が……なに、これ」

木の根元へ視線を落とした雪花は息を呑む。

翠も夕嵐も異変に気がついたらしく、動きを止めていた。

「土が盛り上がってます」

駆け寄った夕嵐が、木の根元を調べはじめた。

根元の土はよく見ると不自然に盛り上がっており、ほかの踏み締められて硬くなった土とは明らかに様子が違う。

近くにあった鍬《すき》で土をよけると、ぽっかりと空いた大きな穴が姿を現した。

「井戸です。底は……見えませんが、水音もしないので涸《か》れ井戸かと」

「涸《か》れ井戸……」

「なぜ涸《か》れ井戸の上に桃の木など……」

「桃は邪気を払うからだよ」

首をかしげる夕嵐に答えたのは翠だ。

「桃は神さまの木だから、邪気の溜まった場所に植えておくと、その邪気を払ってくれるんだ」

「へぇ……ってことは、ここに邪気が？」

夕嵐が口の端を引きつらせる。

「それが全然。邪気もだけど、呪いもなにもないよ」

「うん、なにもない」

揃《そろ》って声を上げる翠と小鈴に、夕嵐は胸を撫《な》で下ろす。

「……ここに呪いはない。じゃあ、女官たちが消えたのは官吏の呪いじゃないってことね？」

「多分そうだと思う。少なくともここで呪いが発動した気配はないよ。でもなんだか……ひどく嫌なにおいがする」

翠の言葉に雪花もうなずく。

はっきりとはわからないが、土の匂いとも違うなにかが涸《か》れ井戸の奥から這い上がってくるようだった。

「雪花、雪花」

「どうしたの小鈴」

「その石塔の上、なにかいるよ」

視線を動かすと、苔《こけ》むした石塔の上に小鳥を模した小さな陶器の飾りがついていた。

風が吹けば揺れる作りになっているそれは、どうやら風笛らしい。

自然の風に任せて音を鳴らす楽器のようなものだ。

だが、今にも紐がちぎれて地面に落ちかかっている。

苔《こけ》で汚れたそれをそっと手に取ると、小鈴がせわしなく音を鳴らす。

「うん、うん……えっ、誰かが来たの⁉」

話を聞いていたらしい小鈴が驚いたような声を上げた。

翠も駆け寄ってきて、陶器の小鳥の声に耳を傾《かたむ》ける。

「翠、この子はなんて？」

「ここに誰かが来ていたと」

「……！」

ぞわりと全身の毛が逆立つ。

ずっと無人だったはずのこの宮に、誰かが来ていた。

目的は考えなくてもわかる。

「その桃の木を確認して帰っていく誰かがいたそうです。そして少し前に、誰かが木の下から大きななにかを掘り出した、と」

「なにか……それは、いつのこと？」

問いかけると、翠が残念そうに首を振った。

「精霊には時間の感覚がないから、はっきりしないみたい」

「そう、よね……」

老いを知らない道具たちは、時間の感覚が曖昧《あいまい》だ。

彼らの語る昨日は、数日前だったり一年前だったりとかなり幅が広い。

「ここに誰かがなにかを埋められたのも覚えてるって。なにかを井戸に落として、そこに桃の木を植えたって言ってるよ」

具体的な証言に、雪花は間違いないと悟る。

ここに官吏が埋まっていたのだ。

「土の感じからして、ひと月は経っていると思います。とはいえ、半年より前とも思えない」

土の様子を確かめる夕嵐の表情は真剣だ。

周囲を見回してみるが、ほかに異変は感じられない。

「つまり、その誰かが遺体を持ち去ったってこと？」

「そうなりますね」

「どうして……」

あまりにも不可解だった。

千寿宮に埋められた遺体を探す動機がある人間はいるだろう。

たとえば、死んだ官吏の家族だ。

どうしても遺体を持ち帰りたくて後宮に忍び込み、千寿宮にやってきたのだとしたら。

幸いにも、つい先日まで後宮は大規模な改修工事をしていた。

大工たちに紛れてやってきた可能性もある。

ほかに考えられるとしたら、鶍妃に罪をなすりつけた妃だろうか。

官吏の呪いが噂になっていることを聞きつけて、遺体を確かめに来たということも考えられる。

（でも、どれもしっくりこない）

官吏の家族だとしたら、どうやって遺体を持ち帰ったのだろうか。

後宮からなにかを持ち出すときは、針の一本まで検分される。

どんな状態であれ、人間の死体を持ち出すなどしたら大騒ぎになるだろう。

もし鶍妃に罪をなすりつけた妃が遺体を確認しようとしたのだとしても、その後は元通りに埋め直してしまえばいいのだ。わざわざ遺体を持ち去る理由はない。

「どうしますか？」

「……いったん、月花宮に戻りましょう」

ここに林杏たちの手がかりはなさそうだし、もう少しゆっくり考えたいと思った。

「そうですね。あまり長く帰らなければ不審がられますし、みんなも心配します。戻りましょう」

夕嵐の言葉にうなずき、雪花は翠の手を取って千寿宮を後にする。

出るときも入ったときと同じように、小鈴が錠前を施錠してくれた。

長い通路を歩きながら、雪花はたった今見てきたことについて考えを巡らせる。

千寿宮に埋められていたなにかは呪いとは無関係だが、それを掘り起こした誰かがいる。

「しかしすぐに見つかってよかったですね。あんな広い庭、闇雲に捜していたら日が暮れてしまいますよ」

「そうね……」

もし誰かが掘り起こした痕跡がなかったとしても、雪花には小鈴や翠がいるのであの陶器の小鳥から話を聞けたことだろう。

けれどあの場所に埋められていると知らなければ、掘って捜すなど到底不可能だ。

「あ……」

そう考えた瞬間、雪花はあることに気がつく。

「ね、ねぇ。あの庭、あそこ以外に掘り起こされた場所はあった？」

「いえ、特に気がつきませんでしたが」

「僕も」

突然声を上げた雪花にふたりは不思議そうな様子だ。

「あの噂は……後宮を閉じるためのものなんかじゃなかったのよ」

「どういうことでしょうか」

「私、ずっと考えていたの。どうして鶸妃は官吏の遺体がどこにあるか言わなかったのか、って」

拍から話を聞いたときから疑問だった。

いくら命令されたからといって、死んだ人間が埋まっている宮で寝起きしたい人間などいるはずがない。

だが鶸妃は自ら命を絶ってまで、犯人はおろか遺体まで隠そうとした。

「官吏の遺体には、本当の犯人の証拠が残ってるんだと思う」

「……！」

夕嵐が大きく目を見開く。

「なるほど。それならつじつまが合います。鶸妃は最後まで犯人を庇《かば》った、ということですね」

「ええ。そして鶲妃亡き後も千寿宮が立ち入り禁止になった理由も納得できるわ」

遺体が見つかっては困る誰かがいる。

だからこそ、官吏の遺体はずっとこの後宮に埋められていた。

「きっと今もこの後宮には、犯人の息のかかった見張りがいるに違いないわ。遺体が掘り起こされないように見張ってる女官か宦官《かんがん》か……その誰かは官吏にまつわる噂を聞いて、きっと慌てたはずよ」

埋められた官吏が女官を地面に引きずり込んでいるという噂を聞いた見張りは、確かめに来たに違いない。

呪いの噂の真偽や、雪花たちのように遺体捜しに来た者がいないかどうかを。

「遺体を捜していた誰かは、見張りがこの千寿宮に確かめに来るのを待っていた……」

そして見張りが確認した場所を掘り起こし、遺体を持ち出した。

「そのために噂を……なんて手間のかかることを」

感心と呆れ、そして恐怖の入り交じった夕嵐の言葉に雪花はうなずくと、表情を硬くする。

「手間をかけてでも、その人は官吏の遺体が欲しかった」

それは一体誰なのか。

考え込んでいる間に、雪花たちは月花宮のすぐ近くまで戻ってきていた。

物々しい空気は変わらずだったが、見張りの兵士は翠の姿を認めるとすぐに雪花たちを月花宮へ入れた。

女官たちが、安堵《あんど》した様子で出迎える。

「ああよかった……」

女官服を貸してくれた女官は今にも泣きそうだった。

心配をかけたことを詫び、雪花は急いで普段の服に着替える。

そうこうしていると、まるで見計らっていたかのように拍がやってきた。

よい知らせかと一瞬期待したが、雪花と対面した彼の表情は疲れ切っており、今にも倒れそうなほど顔色が悪い。

「公主さま……」

「まだ……見つかっていないのね……」

うなだれる拍に、かける言葉が見つからなかった。

責める気持ちがないとは言わないが、ひと目見ただけで彼がどれほど必死に林杏たちを捜しているかもわかるからだ。

みんなが辛いという状況に、息がつまりそうだった。

「朝にお預かりした手紙は、陛下の命により焔蓮殿へ届けられました。早ければ今日中には連絡が取れるはずです」

「今日中に？　蓮はそんなに近くにいるのですか？」

「私も詳しくは存じ上げませんか、なにかしらの連絡手段があるそうです」

「そう……」

蓮が今どこにいるかは拍も知らないそうだ。

皇帝の命により赴《おもむ》いた先なら、特別な連絡手段があるのかもしれない。

「それと、姿を消した女官たちの件でひとつお知らせがあります。先に姿をくらませた女官ふたりが見つかりました」

「えっ⁉」

思わず声が出た。夕嵐たちも驚きを隠せない様子だ。

「彼女たちは街の妓楼《ぎろう》におりました。どうも悪い男に騙《だま》されたらしく、駆け落ちを匂わせて後宮を連れ出された挙げ句、売られたようで……」

よくある話なのだと拍は語った。

金回りの悪い武官や文官の中には、そういう目的で女官をくどき、外に出たところを売り飛ばす者がいるのだと。

勝手に後宮を抜け出した負い目がある彼女たちは助けを求めることもできない。

「では、彼女たちの失踪《しっそう》は……」

「あの噂とは全くの無関係ですね。女官を売ったのは素行が悪いことで有名な武官でした。売った金は回収し、彼女たちもこちらで買い戻しました。脱走の罪は免れませんが、同情の余地もあるからと下働きとして戻ってくる予定です」

「そう……それはよかったわ……」

行方が知れなくなっていたうちのふたりが無事だった。

そのこと自体は嬉しいことだが、ではなぜあんな噂が広まったのか。

(女官の失踪《しっそう》が続いたことを利用して噂を流した……?)

遺体を探す機会をうかがっていた誰かが、女官の失踪《しっそう》をかつての事件に結びつけたという可能性は高い。

だとしたら、女官が消えた件と千寿宮に埋まっていた遺体は全く無関係ということになる。

つまり、林杏たちの失踪《しっそう》とも関係がないのだ。

手がかりだと思ったものが、手がかりではなかった。

突然目の前が真っ暗になったような絶望に襲われる。

「……では、もうひとりも妓楼《ぎろう》にいたのですか?」

消えた女官は三人。うちふたりが同じ状況だったのなら、三人目も同じだろう。

だが、拍の反応は違った。

「姿を消したもうひとりはいまだに行方が知れません。ほうぼう捜しているのですが、手がかりひとつないのです」

「えっ……？」

まさかと声を上げると、拍は力なく首を振る。

「件の女官は先のふたりとは違って、真面目で周りの評判も高く、親しい男の影もなく、消える理由が本当にないのです」

調べによれば、親兄弟のいない彼女は下働きから勤め上げ、立派な仕事ぶりだったという。

姿を消した日、彼女は料理の飾りになる素材を採りに行ったきり帰ってこなかった。

「素材を採りに？」

「はい……彩りに使う花を取りに行ったのだと、最後に見送った女官が話しております」

「花……」

部屋の空気が重くなる。

誰もが同じことを考えたのだろう。

「それは……林杏たちが消えた花園でしょうか」

「わかりません。すぐに帰ってくると思ったので、行き先は尋ねなかったとか」

なにかある。

雪花は直感的にそう思った。

もし女官が消えたのが花園なら、同じ場所で三人が消えたことになる。

とっさに腕輪に目をやった。薄紅色の石はまだ淡く輝いており、傷ひとつない。

(蓮の守り珠を信じるなら、林杏はまだ無事……でも、一体どこにいるの)

腕の中に収まる小さな温もりを思い出すと胸が苦しくなる。

お腹を空かせていないだろうか。泣いていないだろうか。

不安が次から次にこみ上げて、目元が熱を持った。

「後宮中を捜しましたが、いまだに手がかりはありません。今は抜け穴がないか、外壁を調べております。特に花園の周辺は詳しく捜しておりますゆえ、どうか今しばらくお待ちください」

「拍太監《たいかん》。私たちを一度、その花園に連れていってはくれませんか?」

「花園に、ですか……?」

「はい。翠は蓮のもとで道士として学んでいます。その場に行けばなにかわかるかもしれません」

「……」

考え込んだ拍の表情は暗い。

雪花の安全を最優先にせよと命じられている以上、外に連れ出すのはためらわれるのだろう。

「ほんの少しの間でいいのです」

もう手がかりはそこにしか残されていない。

「お願い……」

深く頭を下げると、拍はとうとう折れた。

「わかりました。ただし、私と護衛も同行します。決してそばを離れないと約束してください」

「ありがとう！」

こうして雪花たちは、林杏たちが消えた花園に向かったのだった。

＊＊＊

花園は四方を塀に囲まれた小さなものだった。

花々は春らしく生い茂ってはいるものの、周囲の視界を塞《ふさ》ぐほどではない。

立ち止まって周りを見回すと全体が十分に見渡せる。これなら急に姿を見失うことなどありえないように思えた。

「女官たちの話によると、天霞さまは林杏さまを腕に抱いてこのあたりを歩いていたのだとか」

拍が指さしたのは壁沿いの細い通路だ。

天霞は林杏を抱いて、花園の周囲をぐるりと回っていたらしい。

「葉が生い茂っていたので、林杏さまがお怪我をなさらぬように配慮をされていたそうで……」

いつも林杏を嬉しそうに抱いていた天霞の表情を思い出す。

まるで本当の妹のように大切にしてくれた。

「天霞さまは本当に林杏を可愛がってくださったから……あの日も、ぐずる林杏をあやそうとここに連れてきてくれたのよね」

姿が消えた理由はまだわからないが、もし狙われたのが林杏だったなら、天霞は巻き込まれたことになる。

申し訳なさに落ち込んでいると、拍が「そういえば」と口を開いた。

「天霞さまには年の離れた妹君がいらっしゃいました。ですが昨年、流行病で夭逝《ようせい》したと聞いております」

「そうなの？」

「はい。年の頃はまだ三つにも満たなかったこともあり、貝将軍はずいぶん気落ちしておりました」

天霞が林杏を見つめるときに見せた、切ない表情を思い出す。

彼女は林杏に、亡くした自分の妹を重ねていたのだろう。

（どうかふたりとも無事で……）

祈りながら、雪花は帯飾りの小鈴に触れる。

「小鈴、なにか聞こえる？」

小声で話しかけると、控えめに鈴の音が鳴った。

「……なにか嫌な気配はするけど、はっきりしないの。なんだろう……ここ変だよ」

まるでぐずるように鈴の音が鳴り響く。

周囲を見て回っていた翠と夕嵐も、どこか険しい顔をして雪花のほうへ駆けてきた。

「母上」

「翠、なにかわかった？」

「ううん……でも……」

翠もまた花園を見回してなにかを考えている。

心なしか顔色が悪く、疲れているのが見てとれた。

（力を使いすぎたのかも）

蓮が才能を認めて導いているとはいえ、翠はまだ幼い。

道士としての力を使うことに慣れていないのを考えても、朝から千寿宮に行ったりと疲労が溜まっていてもおかしくない。

「さっきからずっとこの調子なんです。奥さま、一度月花宮に戻りましょう。そろそろ日も暮れますし」

夕嵐の言う通り、いつのまにか夕暮れ時になっていた。

もどかしい思いは募ったが、これ以上ここにいても収穫があるとは思えない。

「そうね。翠のことも心配だし、戻りましょう」

「承知しました。坊ちゃん、私の背中に」

「うん……」

普段なら恥ずかしいとごねる翠が大人しく背中に乗る様子に、夕嵐も苦笑いだ。

林杏を心配するあまり頑張りすぎたのだろう。

「早く戻りましょう。ね、拍太監《たいかん》……きゃぁっ！」

声をかけようと振り返った瞬間、風が空気を切る音が耳に届いた。間を空けず強い風が吹き、周囲の花を揺らす。

舞い上がった花びらで視界が塞《ふさ》がれた。

むせかえるような花の香りに意識がくらりと遠のく。

「驚いた……拍太監《たいかん》、大丈夫でした、か……？」

目を開けた瞬間、目の前には誰もいなかった。

倒れてしまったのかと視線を下げてみるが、やはり姿はない。

「なっ……拍太監《たいかん》⁉　誰か、拍太監《たいかん》を見なかった⁉」

雪花の叫びに兵士たちが集まってくる。

夕嵐の背中で船を漕いでいた翠も、驚いて目を開けていた。

「なにが、起きたの……」

目を閉じていたほんの一瞬の間だった。

颪の音以外はなにも聞こえなかったのに。

「小鈴……！」

なにがあったのかと小鈴に尋ねようとした瞬間、また颪を切るような音が聞こえた。

「雪花、逃げて！　また来る……！」

鈴の音に混じる悲鳴に雪花は目を見開く。

「母上！　壁だ、壁の向こうから声がする‼」

ひどく慌てた翠の声に導かれるように壁を見ると、先ほどまで存在しなかった大きな穴が空いている。

颪を切る音は、そこから聞こえていた。

先の見えぬ暗闇からむせるような花の香りとともに、強風が吹きつけてくる。

花びらが舞い上がり、視界が遮《さえぎ》られる。

先ほどは目を閉じてしまったが、今度は閉じなかった。
「……‼」
舞い散る花が人の形になる。
見上げるほどの巨人が、そこにいた。
不思議なことに周りの動きがひどく緩慢《かんまん》だ。
自分だけが違う世界に切り取られたような不思議な感覚に襲われる。
(苦しい……!)
濃密な花の匂いに呼吸がままならなくなる。身体が重く、少し動くのでも精一杯だ。
巨人の手が雪花に伸びてくる。
身をよじり、なんとか初撃を躱《かわ》すことができたが、すぐに次の腕が伸びてくる。
(だめ、つかまる)
間に合わない。自分は間違いなくこの巨人に捕まる。
「雪花!」
小鈴の悲鳴が聞こえた。
視線を動かすと、巨人の先で不安そうに夕嵐の背中にしがみつく翠が見えた。
もし自分がここで連れ去られたら誰が翠を守るというのか。
地面を踏み締めて、もう一度巨人の手を躱《かわ》す。

だが指先が髪飾りをかすめ、髪がほどけた。

「翠をお願い！」

雪花は小鈴を握り締め、祈りとともに力を込める。

帯につけた鈴が熱を持つのがわかった。そして、まだ小さな鈴のままのそれを翠のほうへ全力で投げる。

「雪花‼」

空中で人の形になった小鈴が、悲痛な声を上げた。

小さな手を必死に雪花に伸ばして泣きそうに顔を歪《ゆが》める姿に、罪悪感がこみ上げる。

だが、これが今の雪花に選べる最善だ。

小鈴が人になったことが蓮に伝われば、きっと翠のもとに駆けつけてくれるはずだ。

蓮ならこの謎を解き、雪花を、そして林杏を助け出してくれる。

小鈴が間違いなく翠の近くに着地したのを見届け、雪花は巨人へ向き直った。

目の前に、花でできた巨大な手が広がっていた。

せめて最後まで目を閉じるものかと歯を食いしばる。

「俺の妻に手を出そうとはいい度胸だ」

だが、突然聞こえた鼓膜を撫《な》でる低い声に呼吸が止まった。

後ろに倒れ込みかけた身体を、誰かが抱き留める。

たくましい身体と、泣きたくなるほどに馴染む体温。

花の匂いをかき消すほどの心地よい香りに、心臓が高鳴った。

「蓮……！」

「雪花、無事か」

ぶわりと涙が溢れる。

それを認めた蓮が、困ったように眉を寄せたのが見えた。

「ぬぐってやりたいが……今はこちらが先だ……！」

「きゃっ！」

蓮の左腕が雪花を抱き締める。

「目をつぶっていろ」

「はい！」

返事とともに瞼《まぶた》を閉じると蓮がなにごとかを唱えるのが聞こえた。

「────！」

おおよそ、生き物とは思えないなにかの叫びが空気を震わす。

次の瞬間、周囲を包んでいた重く苦しい気配が弾けるように消え、一気に呼吸が楽になった。

「はっ……は」

「雪花、ゆっくり息を吸うんだ」

全身から力が抜けて地面に崩れ落ちそうになるが、蓮がしっかり抱き留めているおかげで立っていられた。

言われるがままにゆっくりと呼吸をすると、だんだん思考がはっきりしてくる。

「蓮、なの……？　蓮、蓮……！」

目の前にいるのが間違いなく本物の蓮であることを確かめるように、両頬《りょうほほ》を包んで顔を覗き込む。

出会ったときからなにひとつ変わらない美しい黒い瞳が、雪花だけを映していた。

わずかに眉を下げて笑う見慣れた仕草に、涙が止まらなくなる。

「雪花。無事でよかった」

「蓮……！」

お互いの身体に腕をまわし、存在を確かめ合う。

「父上、母上！」

「翠！」

呼ばれてふたり同時に顔を向けると、夕嵐の背中から飛び降りた翠がまっすぐにこちらに駆けてきていた。

瞳いっぱいに涙を溜めた小さな身体が蓮と雪花の身体にしがみつく。

「よかった。母上が消えちゃうんじゃないか、って……」

涙で濡れた声は震えていた。

蓮は翠の身体を腕に抱き寄せ、その背中を優しく撫《な》でる。

「よく頑張った。お前がいてくれたから、母上は最後まで諦めなかったんだ」

「父上……僕、僕……」

「もう大丈夫だ。あとはこの父に任せなさい」

こくこくとうなずいた翠は、蓮の言葉に安堵《あんど》したようにそのまま目を閉じた。

「翠……！」

「大丈夫。眠っただけだ……力を使いすぎたんだろう」

蓮の言葉通り、小さな寝息が聞こえてくる。

赤くなった目元をぬぐっていると、だんだんと誰かが地面を蹴る音が聞こえた。

「雪花の馬鹿‼」

「小鈴……」

いつのまにか雪花の横に立っていた小鈴が、頬《ほお》を膨らませている。

「どうして私を使わなかったの！　なんで、なんで……私は、雪花を守るためにここにいたのに」

「ごめん。ごめんね……翠をひとりにしたくなかったの」

とっさの判断だった。

自分になにかあるよりも、翠がひとりになるほうが恐ろしかったのだ。

後悔はしていない。

きっと次があっても、雪花はきっと同じ判断をするだろう。

「う、うう……」

精霊は涙を流せない。だが小鈴が泣いているのがわかった。

「雪花の馬鹿！」

そう叫ぶと小鈴は本来の鈴の姿に戻り、地面に転がった。

小さな真鍮《しんちゅう》の鈴を拾い上げた雪花はその表面を愛しげに撫《な》で、懐《ふところ》にしまい込む。

「すぐに機嫌は戻るはずだ。君には酷な選択をさせた」

苦さの混じった声に顔を上げると、蓮の指が雪花の頬《ほお》を優しく撫《な》でた。

「……遅くなった」

詫びるような声に、雪花は首を振った。

今聞きたいのはその言葉ではない。

「おかえりなさい」

雪花を見つめていた目が大きく見開かれる。

黒い瞳がなにか言いたげに揺れて、それから雪花が大好きな笑みに変わる。

「……ただいま、雪花」

「はい」

帰ってきてくれた。助けに来てくれた。

そんな愛しさと喜びのあとにこみ上げてきたのは、申し訳なさだった。

「蓮、林杏が……林杏が……ごめんなさい。私、守れなかった」

「泣くな雪花。君は悪くない。それにあの子は無事だ」

蓮の手が、雪花の腕輪を撫《な》でる。

傷ひとつない石がその無事を伝えてくれるが、不安なことに変わりはない。

「とにかく一度月花宮へ。翠を休ませよう」

蓮の言葉にうなずきながら、雪花は眠る翠をひしと抱き締めたのだった。

五章　その想いは誰のために

月花宮に戻って翠を休ませていた雪花たちのもとに、兵士を伴った普剣帝がやってきた。

人払いをした奥の間に迎えると、普剣帝は真っ先に雪花に駆け寄った。

「無事なのか、雪花！」

「陛下！　今の後宮は危険なのに……」

「お前が危なかったと聞いて慌てずにいられるか。怪我はないか？」

「はい。蓮が来てくれましたから」

「そうか……」

安堵《あんど》の息を吐きつつも、その顔色は悪い。

長椅子に腰かける姿からは深い疲労が感じられた。

「拍が消えたと聞いたが……事実か」

「……はい」

あのあと周囲を見回したが、拍の姿はどこにもなかった。

雪花が見た壁の穴もすっかり消えており、花びらでできた巨人も雪花たち以外は誰も見ていないという。

「陛下、ご挨拶《あいさつ》が遅くなりました。焔蓮、ただいま戻りました」

「無事でなによりだ」

挨拶《あいさつ》をする蓮の姿に、疲れた表情が一瞬だけ和《やわ》らぐ。

「ずいぶん早かったな。雪花たちの手紙を見て来たにしては早すぎるのではないか」

それは雪花も考えていたことだ。

蓮に宛てて書いた手紙を拍に託したのは今朝のことだ。

読んですぐに駆けつけたとしたら、蓮は一体どこにいたのか。

「手紙を受け取ったのが都に入ったときだったのです。陛下に預けていた式が飛んできたので、なにごとかと思いましたよ」

言いながら蓮が懐《ふところ》から出したのは、真っ白な紙で折られた鳥のようなものだった。

「それは？」

「これは精霊の力を借りて作った、式と呼ばれる道士の術だ。単純な命令で動かすことができる。これには俺のもとに手紙を届けるという命令を込めてあるので、このように飛んで私への手紙を届けてくれる」

蓮が紙を空中に放り投げると、それはまるで本当の鳥のようにくるりと宙を舞って再び蓮の肩へ戻った。

そんな便利なものがあるのかと目を瞠《みは》った雪花は、少し遅れてはたと気がつく。

「なぜ、私にそれを預けてくれなかったのですか……」

恨《うら》みがましい口調になってしまった。

そんな便利なものがあれば、もっと頻繁《ひんぱん》に近状を連絡できたのにと。

「本当は預けたかったんだが、俺がいた場所のこともあって必ず届けられる確証がなかった。返事がないほうが心配させると思って……すまない」

落ち込んだように眉を下げる姿から、蓮が真実を語っているのがわかる。

「……いいえ、わがままを言いました。ごめんなさい」

八つ当たりだという自覚はあった。

林杏だけではなく、自らや翠を危険にさらしてしまった後ろめたさで心がざらついている。

「いいんだ。君をひとりにして不安にさせた。それに君はちゃんと、いざというときに小鈴を使ってくれた。だから間に合った」

「え？」

「小鈴が人に変わるとき、俺が近くにいれば呼び寄せる術も同時にかけておいたんだ」

「……それで、あのとき……」

突然蓮が現れた理由がようやくわかった。

懐《ふところ》の中でじっとしたままの小鈴を衣の上から優しく撫《な》でると、控えめな鈴の音が聞こえてきた。

どうやら少しは機嫌が直ったらしい。

「ちょうど後宮に入ったところだった。間に合って……本当によかった」

「蓮……」

いつだって蓮は雪花を想ってくれているのだ。

だからこそ、雪花は待っていられた。

「でも、林杏を守れなかったわ」

「先ほども言ったが、林杏はまだ無事だ。おそらくはともに消えた妃と、拍殿も」

「なぜ、わかる」

絞り出すような普剣帝の言葉を受け、蓮がまたなにかを懐《ふところ》から取り出した。

「それは……？」

手のひらにそっと載ったそれは、木製の箱だった。

いくつもの護符が貼りつけてあり、物々しい雰囲気が感じられる。

「辺境の祠《ほこら》を調査したところ、そこに至る結界は無事だったのにもかかわらず、道具の封印だけが破壊されていました」

「道具の封印だけだと？」

普剣帝の表情が怪訝そうに歪《ゆが》む。

「ええ、これはその道具が入っていた箱です。調べたところ、封印は内側から破壊されていました」

内側。その意味が理解できず、雪花は蓮が手に持つ箱とその顔を交互に見比べた。

「焔家が封印した道具は全て、今の人間が扱うにはあまりにも力の強いものばかり。強い意志で、自ら使われたがる道具も存在します」

焔家の龍厘堂に封印されている道具のことを思い出す。人に悪意を持って関わろうとする精霊も存在するのだ。

かつての皇帝が封印を命じた道具なら、その力は桁違いだろう。

「特にこの箱に入っていた道具は常に人を求めていた。封印のほころびを悟り、自らを求める者がいる場所へ向かった可能性がある」

雪花と普剣帝は同時に喉を鳴らした。

「一体、それは……」

「道反《ちがえし》の砡《ぎょく》と呼ばれるものです」

「道反《ちがえし》？」

聞き慣れない言葉に雪花は首をかしげる。だが、普剣帝は違った。

表情を変え、まっすぐに箱を見つめていた。

「存在していたのか……」

「陛下はご存じなのですか？」

「ああ……そうか、あったのか……そうか……」

奇妙なほどぎらついた瞳に恐ろしさを感じて蓮にすがると、彼はすぐに箱を懐《ふところ》に戻した。

「蓮、それは一体」

「文字通り、道を反するための道具。これは死人の魂を呼び戻す道具なのです」

「しび、と……？　では、死人を生き返らせることができる、ということですか」

「……ええ」

がんがんと頭の中で鐘が鳴り響く。

この世の常識が覆されていくような気持ちだった。

（死人が蘇る。では、死んだ人にまた会える……お母さまにも？）

頭に浮かんだのは優しく微笑む母の顔だ。

また母に会える。父と三人で語り合う時間を取り戻せる。そんな幻想が頭に浮かんだ。

「雪花。これは君が思い描いているような道具ではない」

だが冷静な声がそれをかき消した。

「蓮？」

「この砡《ぎょく》は確かに死人の魂を呼べる。だが、それには大きな代償が伴う」

懐《ふところ》を押さえた蓮の表情が、恐ろしいほど冷たく見える。

「その命の価値に見合う生贄《いけにえ》と、魂を受け入れる肉体だ」

砡《ぎょく》は肉体から離れて黄泉《よみ》へ落ちた魂を呼ぶ道具で、魂を呼ぶためにはその魂と同じ価値があるなにかを差し出さなければならない。

そして、その魂を受け入れる肉体も必要になる。本人の肉体が望ましいが、肉体が損なわれている場合は他者の肉体でもかまわない。

「つまり……誰かの命や身体と引き換え、ということですか」

「ええ。生贄《いけにえ》についてはそれがひとりなのか、はたまた数人が必要なのかは術を使ってみなければわからない。成功するかどうかも不確かで、使った側が無事とも限らない。砡《ぎょく》は常に人の魂を求めている……とても危険な道具だ」

誰かの命を代償に、誰かの命を与える道具。

なんと残酷で恐ろしい道具だろうか。

「祖先がこの砡《ぎょく》を封印したのは、世の中の理《ことわり》を守るため。どんな理由があれ、一度死んだ者のために誰かの命を奪うなど……許されないことなんです。わかりますね」

まるで雪花の胸のうちを察したような言葉だった。

普剣帝も蓮の言葉にうつむき、きつく瞼《まぶた》を閉じている。

「陛下、俺は不敬ながらも最初はあなたを疑いました。雪花の母を取り戻したいという願いが玉《ぎょく》を呼び寄せたのではないかと。そして邪魔されぬように俺を後宮から出したのではないか、と思ったのです」

「蓮……！」

なんということを、と雪花が声を上げると、蓮は普剣帝に向けて深く頭を下げた。

「ですが、今の陛下の態度でそれが誤りであったと確信しました。どうぞ俺を罰してください」

「……よい。もし朕がその玉《ぎょく》の在り処を知っていたら、そうしなかったとは言えまい……」

力なく首を振った普剣帝は、椅子に沈み込むように身体を丸める。

母のことを思い出しているのだと雪花にはわかった。

「だが玉《ぎょく》は朕を選ばなかった……それが答えなのだろう。今の朕にはもう、その気はない。雪花が……それを教えてくれた」

「お父さま」

「あれは誰よりも優しかった。己のために誰かが死んだと知れば、きっと悲しむ。朕は、そんな思いはさせたくない」

「朕はこれからを生きると決めた。そしてこの後宮で、これ以上の蛮行は許さぬ」

「陛下……」

顔を上げた普剣帝は、為政者の顔をしていた。

蓮を見る表情には暗さも悲しみもない。

「お前がここにいるということは、砡《ぎょく》はこの後宮にあるのか」

「砡《ぎょく》の力はとても強い。どんなに隠してもたどった道に痕跡が残ります。痕跡はこの後宮へ続いていました。ここにいる何者かが、誰かを生き返らせようとしている。砡《ぎょく》のその願いに応えてここに来たのでしょう。砡《ぎょく》に選ばれ、誰かを生き返らせようとしている何者かが、この後宮にいます」

正体のわからぬ何者かの存在に、背筋が震える。

「では、林杏は……まさか、生贄《いけにえ》に……？」

「生贄《いけにえ》に選ばれたのが林杏なのか、一緒に消えた妃なのかはわからない。まだ大きな術が行われた気配はない。もしかすると代償がひとりでは足りず、林杏たちが連れ去られ、拍殿や君も狙われたのかもしれない」

足が震え、その場に倒れそうになるのを必死にこらえる。

「じゃあ、私を襲った花の巨人や壁の穴も……？」

「あれは道士の術のひとつでしょう。花を式として扱う一族の話を聞いたことがあります」

「花の、式……」

道士の中には様々な術を使う者がいるという。

かつて雪花を呪う術をかけた道士のように、誰かの悪意のために術を使う者がいるのも現実だ。

「なるほど。雪花が見た花の式もそやつが使っているのか」

「道士を従えているという可能性もありますが……問題は誰を生き返らせようとしているか、です」

「ふむ……よもや父上か？　しかし今さら父の権勢に頼ろうとするような貴族がいるとは思えぬが」

「あの……ひとつ気になることがあるんです」

雪花は、女官の失踪《しっそう》を利用して、かつてこの後宮で生き埋めにされた官吏の遺体を見つけた誰かがいることを伝えた。

「もしかしたら、なにか関係があるかもしれません」

「拍がそのような噂があると言っていたな……」

「それが本当なら三人目の女官は、噂を広めるために犯人によって拐《かどわ》かされた可能性がありますね。だが……」

納得した様子でうなずいていた蓮が顔を上げ、鋭い視線を雪花に向ける。

ぎくりと身体をすくませると、苦々しい溜息が聞こえた。

「変装して宮を抜け出すなど、なにを考えているんだ。なにごともなかったからよかったようなものの……」

鋭い言葉に肩がすくむ。

「ご、ごめんなさい……」

「そうだぞ雪花。なんのために護衛をつけたと……まったく、誰に似たのか」

「間違いなく陛下でしょうね」

「なんだと？」

睨《にら》み合うふたりの間で雪花が小さくなっていると、蓮が再び溜息をつく。

「しかし有用な話でした。もしかしたら、犯人の目的はその官吏かもしれない」

「何者かが死んだ官吏を生き返らせようとしている、ということでしょうか」

「可能性はあります。当時の裁きに納得していない官吏の身内か、または官吏を殺した妃やその家門へ遺恨《いこん》がある誰か……」

「遺恨《いこん》ですか？」

官吏の身内以外に、そんな者がいるのだろうか。

「先帝の代では誤魔化せたことも、今の陛下には通用しない。官吏の死の真相が明らかになれば、相手の家は一斉に失脚するだろう」

「なるほど……」

確かに筋は通っているが、どこか釈然としない話だった。

（官吏は市井《しせい》の出身だったということだったわ）

彼の身内が後宮に入り込んで道士を使うとは考えにくい。

官吏を殺した妃への攻撃が目的だとしても、こんな回りくどいことをする必要があるだろうか。遺体に証拠があるなら、それを突きつけるだけで済む話だ。

それなら、ただ純粋に官吏を生き返らせるためなのだろうか。

もし誰かを生き返らせたいと願うとしたら、それはどんな人間だろう。

他人を犠牲にしてまで生き返らせたいと強く想う相手。

「……許嫁」

不意に思い出したひとつの存在があった。

どの噂にも共通して存在した、官吏と心を通わせていた娘。

「官吏には許嫁がいたと言います。もしその娘が彼を取り戻そうとしたのなら……」

愛しい人への想いは、そう簡単に消えるものではない。

恋しさのあまり道を踏み間違えてもおかしくはない。

もし雪花が蓮と出会っていなければ、普剣帝が雪花の説得に応えていなければ。たやすく人の道を外れていただろうと思う。

「女性なら、後宮で動き回っても疑われません」

「確かに……三妃が入宮したことで新たに迎え入れた女官も多い。その中に官吏の許嫁が紛れていたとしても怪しまれることはないだろう」

「はい。噂が広まったのも女官の間からと聞きました。噂の元をたどれば犯人がわかるはずです」

（私に最初に噂を聞かせてくれたのは、春碧さまだわ）

官吏は市井《しせい》の出身だったという。

商家の育ちである春碧と交流があってもおかしくはない。

後宮の改装工事だって、官吏の遺体を掘り起こすために画策したことだとしたら。

（ううん。そんなわけない。妃ともあろう方が、そんなことをするなんて）

慌てて頭に浮かんだ考えを吹き飛ばす。

だが一度浮かんでしまった考えはなかなか消えてくれない。

（確かに妃なら、自分の宮に女官だけではなく道士を呼び寄せていてもおかしくはない。それに誰かを隠しておく場所だってあるわ）

そこまで考えたとき、雪花はふとあることに気がついた。

「あの香り……」

穴の中から流れ込んできた、むせかえるような花の匂い。

あのときは必死で気がつかなかったが、雪花はあの香りを嗅《か》いだことがある。

「雪花？」

「蓮。あの花の巨人から強い香りがしたのを覚えている？」

「香り？　ああ……おそらくは術を込めた呪香の一種でしょう。匂いで周囲を惑わす効果もあるのです」

「呪香……」

心地よいのにどこか息苦しい花の香り。

その香りに包まれた場所を、雪花は知っている。

『私が婿《むこ》を取って家を継ぐことになったのですが、お相手が病で……』

悲しげに目を伏せた水紅の姿が思い浮かぶ。

彼女が暮らし芙蓉《ふよう》宮は、あの花園にほど近い。

ぞわりと全身の肌が粟立った。

「どうした雪花。なにか思い当たる相手がいるのか」

普剣帝の問いかけに、雪花はその顔を見つめた。

「……陛下。この度の三妃の輿入れについておうかがいしたいことがあります」

「なんだ」

「水紅さまは、どのような経緯で妃になることが決まったのでしょう」

「……蘇の娘だな？」

ほんの少し考え込んだ普剣帝は、ゆっくりと口を開いた。

「確か以前より何度も打診があったのだ。蛮族との交渉が終わり、褒美を取らせることになったとき真っ先に娘の輿入れを願ってきた……それがどうした？」

やはり伝え聞いた話とは違う。

「水紅さまには結婚を約束した相手がいたそうですが、そのお話を聞いたことは？」

「いや……それは初耳だが……待て、まさか蘇水紅がそうだというのか」

「わかりません。でもあの花の香りは、芙蓉《ふよう》宮に漂っていたものと同じでした。あれが呪香だというのなら……少なくともあの花の式は、水紅さまと関わりがあるはずです」

なにもかもが曖昧《あいまい》だった。

だが今はほかにすがるものがない。

「行きましょう、芙蓉《ふよう》宮へ」

＊＊＊

すでに空には星が輝いていた。

「水紅はいるか」

「陛下！」

突然やってきた普剣帝に、芙蓉《ふよう》宮の女官たちは大慌てだった。

しかも雪花とその夫まで連れてきたものだから、驚きを通り越してなにかあったのかと不安そうに目配せをしている。

だというのに宮の奥から姿を現した水紅は、落ち着いた様子で雪花たちに微笑んだ。

「まあまあ皆さまお揃《そろ》いで。ようこそいらしてくださいました」

ふわりと微笑んだ水紅からは、やはりあの花の式と同じ匂いがした。

隣に立った蓮がわずかにうなずく。

『もし彼女がそうなら、会えばわかります』

たとえ水紅自身が道士でなくとも、あれほどの術が動いていれば関わった人間にはなにかしらの影響が出ているという。

蓮のわずかな仕草から、もう間違いないと雪花は悟った。

芙蓉宮《ふよう》に来るまでは心の片隅でまだ疑っていたし、願っていた。彼女が純粋に普剣帝を慕い、そばで支えることを決意して後宮入りしてくれたのだと。

「一体こんな時間にどうなさったのですか？」

「己の妃に会いに来ただけだ。中に通してはくれぬのか」

「まあ、とんでもないことですわ。どうぞ、奥へ」

蠱惑《こわく》的に微笑んだ水紅に促され、芙蓉《ふよう》宮の中へ足を踏み入れる。

途端に花の匂いが強くなった。

(この宮は、こんなに深かったかしら)

とっくに部屋についていいはずなのに、奥の部屋へ続く廊下は先が見えない。

たくさんいたはずの女官たちの気配がなくなり、重い空気が周囲を満たす。

護衛の兵士や太監《たいかん》たちも不安そうに周囲を見回していた。

「……水紅よ。一体どこまで行くのだ」

「もうすぐですわ、ほら」

気がつくと、目の前に扉があった。

ただでさえ濃い花の香りが、肌にまとわりつくほどの濃度へ高まっている。

「ぐっ……」

兵士のひとりが膝を突いた。それを皮切りに、兵士と太監《たいかん》が次々とその場に倒れ込んでいった。

「これは、どういうことだ」

額に冷や汗を滲《にじ》ませた普剣帝が水紅を睨《にら》むと、彼女は最初に会ったときとなんら変わらない美しい笑みを浮かべた。

「あら。わかっていらっしゃったのではないですか？」

涼やかな声なのに、毛を逆撫《さかな》でされているような不快感が湧き上がる。

「さすがですわね。そちらの焔さまはまだしも、陛下も雪花さまもここで立っていられるなんて……やはり皇族の血は、恐ろしいほど強いのね」

感心したようにうなずきながら、水紅は雪花たちの顔をひとりひとり確かめるように眺めていく。

「やはり私の考えは間違っていなかったわ。雪花さま、あなたを待っていてよかった」

「なにを……っ！」

水紅が目の前の扉を押し開けた。

隙間から一気に花びらが吹き出し、視界を塞《ふさ》ぐ。

「雪花！」

蓮の声に手を伸ばす。

だが間に合わず、雪花は花びらに引きずられるように部屋の中へ誘われた。

閉まった扉の音が無情に響く中、冷たい床に身体が打ちつけられる。

「っ……！」

「ごめんなさいね。私、まだこれをうまく使いこなせなくて」

おどけたような口調に身体を起こしてみると、周囲は異質な空間に変わっていた。

見上げるほど高い天井とそれを支えるいくつもの柱が等間隔で並び、周囲の壁には窓ひとつない。

後ろを振り返ってみるが、あったはずの扉もなくなっている。

「こ、ここは……」

「ふふ。素敵でしょう？　芙蓉《ふよう》宮の地下よ」

「地下……」

「どうしてこんな場所が、と思っているでしょう？　この芙蓉《ふよう》宮は、遡《さかのぼ》れば先々代の皇后が使っていたのですって。ここはその皇后の身を守るために作られた秘密の場所なの。この場所を知っているのは高官の一部だけ。皇帝陛下も知らないはずよ」

両手を広げてくるくると回ってみせる水紅は、恐ろしいほど美しかった。

「父から話を聞いたから、私はここを選んだのよ。隠しごとをするのにはもってこいでしょう？」

うっとりと目を細める水紅の瞳はどこも見ていない。

出入り口はどこかと視線を巡らせていると、ひらひらと揺れる衣の向こうに一瞬だけなにかが見えた。

「……林杏……‼」

壁にもたれるように座っていたのは天霞だった。

そしてその腕の中には林杏が抱き締められている。

よく見ると、天霞を挟むようにして見知らぬ女官と拍も倒れていた。

「林杏、林杏……‼」

床を這うようにして林杏のもとへ向かおうとするが、身体が重くてうまく動かない。

必死に手を伸ばして名前を呼んでも、誰も微動だにしない。

最悪の想像に青ざめていると、水紅が耳障りな声で笑った。

「まあまあ！　母は強しと言いますが、さすがですね。あれだけ花を吸ったのにまだ動けるなんて」

「花……？」

床に爪を立ててでも前へ進もうとする雪花をあざ笑うように見下ろしている水紅が、口の両端をにっと吊り上げた。

「私の乳母は、道士の家系に育った者だったの。母を亡くした私を哀れんだ彼女は、秘術のひとつを教えてくれたのよ。『幻花《げんか》』と呼ばれる術で作った花を使った、他愛のないお遊びをね」

　水紅が手のひらを天井へ差し出すと、その手の中に真っ白い花が現れた。

「たとえばこれは白幻花。とてもいい匂いがするのよ。香りを嗅《か》げば、その身体は時を止めて眠りにつく……不思議でしょう？」

「じゃあ、あの子たちは……」

「全員眠っているわ」

　眠っている。それなら、生きているということだ。

　そのことに安堵《あんど》した雪花に、水紅が冷たい視線を向けた。

「でもそれも今日までよ。あなたが来たから、そろそろ私の願いを叶えようと思うの」

　白い花を握りつぶした水紅が天霞へ近づいていく。

　そしてその腕に抱かれている林杏に手を伸ばす。

「やめて‼　娘に手を出さないで！」

「お断りしますわ、雪花さま。あなたを見ていて確信しました。この子は特別な血統に生まれている。呪いに打ち勝つ皇族の血と、希有《けう》な龍の血。まだ幼子であるがゆえ、なんの力も発現していないようですが……きっとこの魂には常人の何倍もの価値があるはずよ」

欲望にみなぎった瞳が眠ったままの林杏を覗き込む。

「だめ‼　林杏！　林杏――‼」

力の限り叫んだ雪花の声に呼応するように、懐《ふところ》から鈴の音が聞こえた。

（小鈴……！）

身体を動かした拍子に床に転がり出た小鈴の本体が、ひときわ大きく身体を震わせた。

部屋の中に響き渡る鈴の音に、水紅が不愉快そうに眉をひそめる。

「鈴？　なんてうるさいの」

林杏に伸ばしていた腕が鈴へ向かう。

赤く塗られた爪先が小鈴の本体に触れた、その瞬間だった。

「林杏に触るなぁ‼」

「きゃぁっ！　これ、精霊⁉」

小鈴の怒鳴り声が部屋の空気を震わせた。なにかが割れる音が響き、柱に亀裂が入る。

同時にふっと身体の重さが消えて、呼吸が楽になった。

急いで身体を起こした雪花は、小鈴の本体を拾い上げると、驚きで立ち尽くしている水紅から距離を取る。

林杏たちは心配だが、水紅のそばにいてまた術を使われたら動けなくなってしまうからだ。

「音色で術を消し飛ばした……？　なんて力業を……」

頭を押さえた水紅が、憎々しげに雪花を睨《にら》みつける。

その恐ろしい形相に思わず後ろに数歩下がると、なにかが足にぶつかった。

「なに……？」

「触らないで！」

水紅がひどく慌てた声を上げた。

ゆっくり振り返ると、そこには簡素な寝台が置いてあった。

誰かがその中央に眠っている。

「……っ‼」

それは、人のかたちをしたなにかだった。

元は肌色だったであろう皮膚は干からびて褐色になっており、眼球があるはずの位置にはぽっかりと空洞が空いている。

着ている服や冠帽は真新しいのに、そこから覗く手足は棒きれにしか見えないほどに肉がそげている。

一番異様なのはその顔だ。引き裂かれたように、何本もの細い傷が走っている。きつく引き結ばれた口から感じるのは強い無念さだ。

「なっ、なに……これ」

「これじゃないわ！　彼をそんな目で見ないでっ！」

先ほどまでの余裕めいた態度が嘘のように水紅が取り乱した声を上げた。

「彼……じゃあ、この、人が……」

水紅の叫びの中で横たわる遺体こそが、生き埋めにされた官吏なのだろう。正体がわかったことで、恐怖よりも哀れさが心を占めた。

「千寿宮からこの遺体を持ち出したのは、あなただったのですね」

水紅が息を呑んだ。

「……どうして」

「調べたんです。過去になにがあったのか」

官吏が誰かの手により命を奪われたこと、千寿宮の鸚妃がその罪を被ったこと。官吏の遺体が見つかっていなかったこと。

そして誰かが噂を利用して、官吏の遺体を探し当てようとしたのではないかと考えたこと。

「あなたは……この官吏の許嫁、だったんですね」

「そうよ」

　水紅は無気力な瞳で官吏の身体を見つめていた。

「その人の名は風恒《フウコウ》。彼の家は貴族ではなかったけれど、彼の才能を知った父が我が家に迎えて、書生として育てたの」

　懐かしさを噛み締めるように語る口調は静かだった。

「私は彼を兄のように慕ったわ。優しくて、穏やかで、頼もしくて……いつも私を慈《いつく》しんでくれた」

　美しい目から、はらはらと涙が溢れている。

「官吏になってからも頻繁《ひんぱん》に帰ってきてくれたし、手紙もくれた。私が大人になったら必ず結婚しようと……彼が夫になる日をずっと夢見ていたわ。なのに、なのに……！」

　だんと床を踏み鳴らす音が響く。

「彼は帰ってこなかった。妃を襲ったなどという不名誉な罪を着せられ、弔《とむら》うことも許されなかった。そんなことをする人じゃないのに！　彼は、私だけを愛してくれていたのに‼」

　聞いている雪花が泣きたくなるほどに、水紅は悲痛な声で叫ぶ。

「絶対に取り戻すと決めたの。そのためだったらなんだってするって決めた」

ぼんやりと雪花を見る水紅の目には、なんの光も宿っていない。

横たわる官吏と同じように、まるで空洞のような瞳が雪花を見つめる。

「先帝が亡くなり、陛下が即位したときに気がついたの。私が妃として入内すればいいって。そうすれば彼を捜せる」

「やはり……そのために後宮に来たんですね」

「ええ。女官になる道も考えたけれど、妃になれば自分の宮を持てる。運がよければ、彼がいるかもしれないでしょう？」

水紅の行動は全てそこに繋がっていたのだろう。

「風恒はやっと私のもとに帰ってきた。これからはずっと一緒なの！」

まるで少女のように微笑みながら、水紅は袖《そで》からなにかを取り出した。

子どもの拳ほどの小さな珠だった。

真っ白に見えたが、透明な表面の中に白い霧が渦巻いている。

「そこまで知っているあなたなら、これがなにかもわかるわよね」

「道反《ちがえし》の、砡《ぎょく》」

「その通り」

見た目はただの美しい珠で、想像していたようなおぞましさは一切感じなかった。

「綺麗でしょう？」

うっとりと砡《ぎょく》を撫《な》でる水紅の表情は、ぞっとするほど美しい。

「この後宮で彼を捜している私のところに、これはやってきたの。彼を捜す術を教えてくれたのもこれよ。噂を流して、あぶりだせって」

喉を鳴らして笑いながら、水紅は砡《ぎょく》を掲げてみせた。

どこからも光は差し込んでいないというのに、その表面はまるで日の光に照らされたようにまばゆく輝いた。

──せよ……命を、ささげよ──

「っ……」

ぞっとするような声音が耳に届く。これが砡《ぎょく》の声なのだ。

魂を求め、その代償に誰かの魂を呼び戻すおぞましい存在。

(小鈴や、水鏡とも違う)

これまで数多《あまた》の精霊と関わってきた雪花だからわかる。

道反《ちがえし》の砡《ぎょく》に宿る精霊は、自分の知る精霊たちとはあまりにも異なる存在なのだと。

「さ、お喋りはここまでよ」

水紅の手から花びらとともに細い蔦《つた》が放たれ、雪花の身体に絡みついた。

そのまま床へ引き倒され、身動きが取れなくなる。

「これだけいれば、きっと足りるわ」

幸せそうに微笑む水紅と見つめ合った雪花は、彼女がなにをしようとしているのか悟った。

「なに……まさか……だめ、だめ……！」

どんなに叫んでも水紅は止まらなかった。

ためらいのない足取りで、再び天霞に近づいていく。

「お嬢さまを最初にいただくわね。雪花さまは特別に最後にしてさしあげる」

「いやっ、林杏……！　林杏‼」

どんなにもがいても蔦《つた》は緩《ゆる》まない。

小鈴も残っていた力を使い果たしたのか、か細い音しか聞こえてこない。

「さあ、おいで……」

「だめよ‼」

その手が林杏へ伸びたその瞬間、誰かがその手首を掴んだ。

「っ、あなた、どうして……‼」

「天霞さま！」

水紅の腕を掴んだのは、天霞だった。

林杏をしっかりと抱き締め、水紅を睨《にら》みつける瞳には強い力が宿っている。

「っ、さっきの鈴の音ね……忌々《いまいま》しい……！」

「林杏は渡さぬ。蘇水紅。お前、なにを考えている！」

天霞は水紅の腕を掴んだまま離そうとしない。

腕を押さえられては術を使えないのか、水紅は悔しそうに唇を噛んでいる。

「天霞さま！」

「このような幼子になにをするつもりだ。この子を傷つけることは、絶対に許さない！」

「ええい、離しなさい‼」

揉み合うふたりのもとに駆けつけようと雪花はもがくが、蔦《つた》はびくともしない。

天霞のほうが力は強いのだろうが、その腕に林杏を抱えているせいか押し負けそうになっている。

「天霞さま！　林杏、林杏……！」

「ん、んぅう……」

目を覚ましたらしい林杏のぐずる声が聞こえた。

むずがるその声はだんだん強くなり、部屋中に響く泣き声へと変わっていく。

「ええい、うるさい！　黙りなさい！」

「うるさいのはお前のほうだ！　赤子は泣くもの……そして泣かせたのはお前だ……！」

「もういい！　あなたたち、まとめて生贄《いけにえ》に……きゃぁっ！」

ばちんとなにかが弾ける音がして、水紅が悲鳴を上げた。

その手に持っていた道反《ちがえし》の砡《ぎょく》が、床へ転がる。

「ああ、砡《ぎょく》が……きゃあっ……」

あわてて拾い上げようとした水紅の手を遮《さえぎ》るように細い光が空中に線を描き、再び砡《ぎょく》を弾いた。

「雷……？」

室内なのになぜ、と全員が動きを止めた。

次いで、ぽつぽつと不規則な水音が聞こえ、床が点々と濡れていく。

「……雨？」

頬《ほお》に落ちる水滴に、雪花は天井に視線を向けた。

高い天井はそのままだというのに、一粒、また一粒と雫《しずく》が落ちてくる。

最初はか細かったそれはどんどん力強くなり、あっというまに床が水浸しになっていく。

「なによこれ！」

叫ぶ水紅は水をかくようにして砡《ぎょく》を取り戻そうとするが、溜まった雨水に流される砡《ぎょく》はなかなか捕まえられない。

水紅の意識が逸れたからか、雪花の身体を捕らえていた蔦《つた》がするりとほどけていく。

「林杏！」

まだ痺《しび》れの残る身体を引きずるように起き上がり、天霞のもとへ駆け寄る。

雪花に気がついた天霞は、ためらうことなく林杏の身体を雪花に委ねた。

ようやく腕に抱けた我が子の温もりに、涙が出る。

林杏は火のついたように泣きじゃくっており、雪花の腕に収まってもその小さな手をばたつかせて、全身で怒りを表していた。

「よいこ、よいこ。母ですよ」

抱いたまま立ち上がり、軽く揺すってみるが泣き声は増すばかりだ。

その泣き声に比例してどんどん雨が強くなっていく。

「雪花殿、これはなんなのだ。一体どうして室内なのに雨が……」

混乱する天霞に説明してやりたかったが、今は林杏をなだめることが急務だった。

窓のないこの部屋で雨が降り続けば、全員が溺《おぼ》れ死んでしまう。

「天霞さま。雨は私がなんとかしますから、そこのふたりを起こしてください。このままでは沈んでしまいます」

壁にもたれたままの拍と女官を示すと、天霞はすぐに駆け寄ってその頬《ほお》を打った。

天霞同様に小鈴の音色で覚醒しかかっていたらしいふたりは、すぐにくぐもった声を上げる。

「林杏、もう大丈夫よ。よいこだから」

腕に抱き、何度も頭を撫《な》でる。

「林杏、お願い！」

だが林杏は泣きやみ方を忘れてしまったかのように、顔を真っ赤にして泣きじゃくり続けるばかりだ。

駄目かもしれない。そんな絶望に心が染まりかける。

「雪花！　林杏！」

雨音に紛れて名前を呼ばれ、雪花は弾かれたように天井を見上げた。

すると天井の中央から、光が差し込んでいるのが見える。

「無事か‼」

「蓮！」

ぽっかりと空いた穴から部屋の中に下りてきたのは、蓮だった。

安堵《あんど》で力が抜けた雪花の身体を、膝のあたりまで溜まった水をかき分けながら駆けつけた蓮が、林杏ごときつく抱き締めた。

「雪花……！」

たくましい腕に抱き締められる。

こんなに雨が降っているのに、蓮の身体はちっとも濡れていない。

「蓮、林杏が」

「ああ、わかっている」

うなずいた蓮が林杏を抱き、その額に指を押し当てた。

すると林杏の身体がうっすらと青く発光し、呼応するように蓮の身体も青い光に包まれる。

「林杏。もういい、大丈夫だ」

なだめるように頭を撫《な》でられ、林杏はようやく泣き声を鎮《しず》めはじめた。

緩《ゆる》やかに雨が弱まり、林杏が蓮の腕の中で落ち着きを取り戻したときには、すっかりやんでいた。

「……龍の力、ですね」

「ああ……」

かつて蓮も雪花を狙われた怒りで室内に雨を降らせたことがあった。

龍の血を濃く引く焔家の人間は、時に感情のままに天候を操ることができるという。

「きっと危険を察知して目覚めたのだろう」

「……がんばったのね」

さっきまで大泣きしていたのが嘘のようにくりくりとした瞳で蓮と雪花を交互に見

つめる林杏は、自分が起こした奇跡のことなどなにも気がついていないに違いない。

蓮は複雑そうな面持ちで林杏を見つめていたが、すぐにふわりと破顔した。

「さすが、俺と雪花の子だ」

「蓮……」

ようやく取り戻した我が子を慈《いつく》しむように抱き締める。

「いやぁぁぁぁ！」

「！」

空気を裂くような悲鳴が聞こえた。

なにごとかと振り返ると、水紅が寝台の上に横たわる官吏の身体にしがみついていた。

「風恒！　風恒！　だめよ、どうして！　どうして‼」

見れば、水紅の腕の中で官吏の身体が見る間に水に溶けていく。

「どういうこと……？」

「おそらくは龍の力によるものだ。龍が降らせる雨には浄化の力がある。魂のない肉体は、土へ帰るのが道理。かろうじて形を保っていた肉体が、この雨で自然へ帰ろうとしているのだろう」

きっと官吏の肉体は限界だったのだ。

長きに渡って埋められていた肉体が形を保っていたこと自体、奇跡なのかもしれない。

（もしかして彼も、帰りたかった？）

不意にそんな考えが浮かんだ。

愛しい人を残して非業の死を遂げた官吏は、水紅のもとに帰りたかったのではないかと。

そんなふたりの願いが砡《ぎょく》を呼び寄せたのだとしたら。

（お母さま）

月花宮に眠る母は、生き返ることなど望んでいない。

きっとこれからもずっとあの場所で、雪花と父を見守り続けてくれるに違いない。

「だめよ！　そんなだめ！　やっと会えたのに。やっと、やっとよ。ねぇ！　ねぇ！」

水紅は我を忘れて取り乱し、官吏の身体にすがりつく。

「いかないで。私をひとりにしないで。お願いよ風恒！」

だがその叫びも虚《むな》しく、官吏の身体は消えていった。

水でふやけたその顔が崩れる瞬間、わずかに笑ったように見えたのは雪花の願いが見せた幻だろうか。

残ったのは、衣と冠帽だけだった。

「いやっ……いやぁぁぁ」

髪を振り乱して泣き叫ぶ水紅は、官吏の服を抱き締める。

「風恒……風恒……」

自らの子どもを拐《かどわ》かし、危険にさらした人間だというのに、その叫びを聞いていると涙が出そうになった。

夫婦となる日を夢見るほど焦がれていた相手を失い、取り戻そうとした水紅の気持ちがわからないと言ったら嘘になる。

「水紅さま……」

慰《なぐさ》めようと伸ばした手は、蓮によってやんわりと阻《はば》まれた。

「いけない。彼女にもそろそろ反動が来るはずです」

「反動、って……あっ」

見れば官吏の服を抱き締めたまま泣きじゃくる水紅の身体が、爪先から花びらとなってほどけていく。

「彼女は術を使いすぎた。道士の家系ではない彼女の身体が耐えられるわけがない」

見る間に腰から下が完全に花びらとなり、水紅はようやくそこで己の身になにが起きたのかを気づいたようだった。

涙で濡れていた顔が、ふわりと微笑む。

「ああ……私もすぐに参ります、風恒。もう離れない……」

なんの後悔もない声だった。

愛しげに官吏の服に頬《ほお》を寄せ、目を閉じる。

花びらとなって消えていく姿は恐ろしいのに、どこまでも綺麗だった。

風などないはずなのに大きく揺れた水面の勢いに呑まれ、水紅は完全に花びらとなり、消えてしまった。

「雪花、大事ないか！　ああ、林杏も……！」

地下室に続く穴から引き上げてくれたのは普剣帝だった。

「お前が急にいなくなったと思ったら、扉も消えていたのだ。兵士たちを叩き起こして、ずっと捜していた……」

どうやらあの扉が開いた瞬間、水紅が術を使って雪花だけを地下室に引き込んだらしい。

「小鈴の音色が場所を教えてくれました。扉は焼き留められていたため、開けるのに時間がかかってしまった」

うなだれる蓮の手は、よく見れば傷だらけだった。

雪花を助けるために必死だったのだろう。

穴に下ろされた縄ばしごを使い、林杏を抱いた蓮や拍、天霞と女官たちは地下室から出ることができた。

皆がずぶ濡れのなかで、蓮と林杏だけは不思議なほどさっぱりした装いだ。

雪花は女官の服を借り、軽く髪を整えた。

「大変でした。自分も行くという陛下を兵士たちに託すのが一番骨が折れましたよ」

少しおどけたように肩をすくめる蓮に、普剣帝が眉をつりあげる。

「お前だけに任せておけるか」

「陛下……陛下はこの国を守る役目もあるのです。危険なことはしないでください」

「しかしだな……」

「こうして私も林杏も無事でした……天霞さまが林杏をずっと守っていてくれたんですよ」

芙蓉《ふよう》宮の女官たちに手当を受けていた天霞が、急に名前を呼ばれて驚いたようにこちらを見た。

雨のせいで髪がほどけ、化粧も落ちた顔は愛らしくもあどけない。

「わ、妾《わらわ》はなにも……ただ必死で……」

恥じるように顔を伏せた天霞のそばに普剣帝が近づき、その手を取った。

天霞の白い頬《ほお》がほんのり朱色に染まる。

「よく林杏を守ってくれた。そなたが水紅から林杏を守ろうとした声は、聞こえていたぞ」


「お恥ずかしい姿を」

「いや。そなたの強さに朕は感銘を受けた。感謝する」

「陛下……」

見つめ合うふたりの表情には、明らかな熱がこもっていた。

なにかがはじまろうとしている予感に蓮を見ると、彼もまたそれを察したらしい。

「林杏はすごい子だ。全てを解決し、そして縁まで繋いでしまった」

褒められたことに気がついているのかいないのか、林杏は泣きもせず、周囲をきょろきょろと見回している。

そのあどけない表情に心が救われていくようだった。

「これも無事に回収できた」

「あ、それは……」

蓮が手に持っていたのは道反《ちがえし》の砡《ぎょく》だ。

いつのまに拾ったのかと感心している間に蓮は箱の中に砡《ぎょく》をしまい込んで懐《ふところ》に収めた。

「これは再び厳重に封印しておきます。人の魂を扱う道具など、誰かが持っていていいものではない」

その通りだとうなずきながら、雪花はあのとき少しだけ聞こえた砡《ぎょく》の声を思い出していた。

感情も意思もない、冷たい声。

水紅はあの言葉に呑み込まれてしまったのだろう。

「花の式術を使えたことについてはなんと？」

「乳母に教わったと言っていました」

「そうか……道士として生計を立てることができず、市井《しせい》で普通の暮らしをする者も少なくない。彼女の乳母もそういった者だったのかもしれないな。そして運悪く、水紅は力を使う素質があった」

だが、強すぎる力は只人の肉体には過ぎたものだった。

もし水紅が道術を身につけていなければ、こんなことにならなかったのだろうか。

考えたところで無駄だとわかっていても、思いを馳《は》せずにいられない。

「……そういえば、こんなものがあの官吏の服と一緒に水中に。彼の形見だろうか」

蓮がなにかを雪花の手のひらに転がした。

それは綺麗な瑪瑙《めのう》で、まるで猫の目のように整えられている。

過去の記憶が雪花の脳裏をかすめた。

「これ……見たことがあります……以前、ここを使っていた雀妃の扇《おうぎ》についていた宝石だわ」

「では偶然か……」

蓮はそう言ったが、なにかが引っかかる。

『この場所を知っているのは高官の一部だけ』

水紅は確かにそう言った。

先帝の寵妃《ちょうひ》でしかなかった雀妃が、あの場所を知っていたとは思えない。

それにあんなに大切にしていた扇《おうぎ》の宝石がなくなったのなら、雀妃のことだから大騒ぎして捜させたはずなのに。

（あ……）

ばらばらだったものが一本の線に繋がる。

鶸妃はいつも雀妃の後ろに控えてはいなかっただろうか。

実家の財力を盾に、雀妃はいつも立場の弱い妃を虐《しいた》げていた。

もし鶸妃が屈した相手が雀妃なら、全てのつじつまが合う。

「この石は官吏が呑み込んでいた、のではないでしょうか」

官吏の遺体が家族に返されなかったのは、その身体に彼を殺した誰かの証拠が残っていたからではないかと雪花は考えた。

遺体を見たときにはひどい傷しか目に入らなかったが、もしその証拠というのがこの瑪瑙《めのう》なのだとしたら。

「では、彼を殺したのは雀妃、だと？」

「……わかりません。今となってはなにも」

もしそうだとしたら、なんと皮肉な運命だろう。

水紅はずっと、憎い仇《かたき》が暮らした場所で過ごしていたことになる。

彼女がなにも知らなかったと思いたい。

美しく輝く瑪瑙《めのう》を撫《な》でながら、雪花は目を伏せる。

「公主さま……」

「拍太監《たいかん》！」

どこか力のない声に振り返ると、身体に布を巻いた拍が近くの壁にもたれるようにして座っていた。

まだ髪は濡れて、顔色も悪い。

「どうしました？　どこか辛いのですか？」

「おかげさまで無事でございます。公主さまたちのおかげで命が助かりました」

弱々しく頭を垂れた拍が、雪花に手を差し出した。

「もしお許しくだされば、その瑪瑙《めのう》を私に託してはくれませんか」

「これを、ですか？」

「はい。公主さまに救われた命です。公主さまに納得していただける使い道を探してみせましょう」

雪花が持っていたところで、使い道のないものだ。

それに後宮にあったものは後宮に残すべき、そんな気がした。

「では、どうぞよろしくお願いします。もし叶うなら、水紅さまの弔《とむら》いに役立ててください」

水紅のしたことは到底許せるものではない。

人を拐《かどわ》かし、その命を身勝手に使おうとした。

だが、どうしても憎むことはできなかった。

花となって消えた彼女が、黄泉《よみ》であの官吏とともにあってほしいとさえ願っている。

「承知しました」

瑪瑙《めのう》を受け取った拍が深く頭を下げる。

どうなるのかはわからないが、きっとこれが最善なのだろう。

「雪花。そろそろ月花宮に戻ろう」

「ええ」

芙蓉《ふよう》宮の中は大変な騒ぎだというのに、林杏は蓮の腕の中で寝息を立てていた。

空を見ると、わずかに白みはじめている。

「夜が明ければ、翠も目を覚ます」

「きっと心配しているわね」

帰ったら真っ先に林杏の無事を伝えよう。

夕嵐にも労りの声をかけてあげよう。

もう大丈夫だと笑って、抱き締め合いたい。

「帰りましょう」

「ええ」

肩を寄せ合うようにして歩き出す。

まるでそれを祝福するかのように、朝日が芙蓉《ふよう》宮を照らしたのだった。

終章

桜の木はすっかり青葉ばかりになっていた。

あっというまの春は終わりを告げ、もうすぐ夏が来るのだろう。

「母上！　林杏がまた泣いてる」

「はいはい」

遠くから聞こえる泣き声と、それを慌てて知らせに来る翠に、雪花は頬《ほお》を緩《ゆる》ませた。

里帰りで訪れた後宮で起きた天霞たちの失踪《しっそう》騒動は、改装工事の最中に起きた事故ということで決着がついたそうだ。

先々帝の時代に作られた地下通路や地下室に人が落ち、それに巻き込まれた蘇水紅は重篤《じゅうとく》な怪我を負って後宮を退《しりぞ》いたと、表向きには発表された。

事実、芙蓉《ふよう》宮の地下にはいくつもの通路が存在し、あの花園の下にも伸びていた。

老朽化した部分も多く、いずれ崩落が起きるのは免れなかっただろう。

工事を主導した春碧を責める声が一瞬だけ上がったが、それをなだめたのはほかでもない普剣帝だった。

『郭春碧の行いがなければ、もっと大きな事故が起きていた可能性もある。この行いは褒められるべきものだ。春碧は我が妃として役目を果たしてくれた』

加えて、事故に巻き込まれた林杏や拍を励《はげ》ました天霞の強さも讃え、ふたりに貴妃《きひ》の位を授けて寵愛《ちょうあい》していくと宣言した。

皇族の未来を憂《うれ》いていた周囲は、その言葉に喜んだ。

妃の座を退《しりぞ》いた水紅に関しては同情の声も集まったが、同時に彼女の父である蘇丞相《じょうしょう》が一部の貴族から金を受け取る代わりに便宜を図っていたことが公になったことで、むしろ非難の声を浴びずに済んでよかったと言われているくらいだ。

蘇家は表舞台から去り、二度と政治に関わることはないだろう。

『水紅はその通路と術を使い、女官や林杏を拐《かどわ》かしたのだろう』

彼女が使っていた花の式術は、花弁や匂いを使って幻を見せたり、一瞬にして場所を移動させたりすることができるのだという。

砡《ぎょく》に選ばれたことによって一時的に道士と同等の力を得た水紅は、その術を使い、最終的には滅びてしまった。

恐ろしい道具だと思う。

すでに蓮の手で再び厳重に封印された砡《ぎょく》は、今後数百年先まで表舞台に姿を現すことはないだろう。

「母上、はやく」

翠に促されてゆりかごを見ると、縁につかまって立ち上がった林杏が抱いてほしいと訴えるようにこちらを見ていた。

後宮での日々が刺激になったのか、短い間に林杏はずいぶん成長した。

日に日に可愛さを増す林杏を抱き上げていると、泣き声につられたのか蓮も子ども部屋に顔を出す。

「先を越されましたね」

「林杏、父さまですよ」

蓮に気がついた林杏は、ねだり先を父と定めたらしい。小さな手を必死に伸ばし、赤子らしい喃語《なんご》で呼びかけている。

「さあおいで」

林杏を抱く蓮の表情はどこまでも優しい。

そのそばに駆け寄った翠が羨ましそうに見上げる姿も、また愛らしい。

「翠も来るか？」

「うん！」

ためらいなく腕に飛びついた翠を、蓮は軽々と片腕で抱き上げた。

息子と娘を両手に抱く姿は一点の曇《くも》りもなく幸せそうだ。

家族が全員揃《そろ》っている幸福は、きっとなにものにも代えがたいことなのだろう。

「雪花もおいで」

優しく自分を呼ぶ夫の声に応え、雪花は子どもたちに挟まれるようにその胸元に身体をすり寄せる。

夕嵐が来たらからかわれることは目に見えているが、これは家族の特権だから許してほしい。

どうか、この先もずっとこの幸せが続きますように。

そう願いながら、雪花は愛しい家族の温もりに瞼《まぶた》を閉じたのだった。

番外編　紡がれるもの

月夜に照らされた外廊下を歩きながら、蓮は腕の中で寝息を立てる林杏を見つめた。

まだまだ小さいというのに、この頃はずいぶんと重くなったように感じる。

その成長を嬉しく思う反面、あっというまに育っていくことが少しだけ寂しい。

ずいぶんとわがままな己の感情に、蓮は苦笑いを浮かべた。

「まさか、龍の力に目覚めるとは」

蘇水紅に拐《かどわ》かされ、命の危険を察知した林杏は、本能だけで龍の血を使って雨を呼んだ。

雷が砡《ぎょく》を打ち落としたという話が本当なら、あの砡《ぎょく》の邪悪な力に対抗しようとしたのではと蓮は考えていた。

「俺に流れる龍の血と、この国を守ってきた皇族の血、か」

ふたつの血が流れる林杏には、途方もない力が宿っているのかもしれない。

それが恐ろしくもあり、少しだけ誇らしくもあった。

「やはり、伝えていくしかないのだろうな」

もうこの焔家の役目はないと思っていた。

翠にあとを託し、道具たちには自分とともに土に還ってもらおうとさえ考えていたのに。

今回の騒動で、焔家の先祖が施した封印がどれほど重要なものかを痛感した。道《ち》反の砭《がえしぎょく》のように、求める者を探す道具はまだある。

それらが人の手に渡り欲望のままに使われれば、この国はおろか、人の世そのものが壊れてしまうだろう。

翠や林杏、その子孫たちが生きる世界を、そんな場所にはしたくない。

一度は呪ったこの血には、それを防ぐ術がある。

「すまないが、託されてくれるか?」

眠る林杏にそう呼びかけると、小さな口元がわずかに笑った気配がした。

蓮の持てる限りの知識と力を使って、林杏に焔家の全てを教え込んでいこうと思った。

もちろん、その横には翠がいてもらわなくては困る。

翠の力は日に日に増している。

純粋な力だけなら、いずれ蓮や林杏さえも凌駕《りょうが》する予感があった。

頼もしく成長していく姿に、この子は自慢の息子だと国中に触れ回りたくなる。

ふたりがいれば、きっと焔家は大丈夫だ。

「蓮。林杏は眠りましたか？」

可愛らしい声に振り返ると、心配そうにこちらに駆け寄ってくる雪花と目が合った。

身にまとっている薄紅色の寝衣が月光に照らされて、まるで天女のように思えた。

「ようやく」

「よかった。翠はとっくに眠っているのに、困った子」

林杏を覗き込み、目元を緩《ゆる》ませる雪花は本当に美しい。

母となったことで艶《あで》やかさを増した愛しい妻に、蓮はそっと身体を寄せる。

「蓮？」

不思議そうに首をかしげながらも、雪花はどこか嬉しそうに寄り添ってくれた。

鼻腔をくすぐる甘い匂いに、泣きたくなるほどの幸福を感じる。

蓮の世界に愛を与え、生きる理由をくれた最愛の人。

もしも雪花を失ったら、蓮は壊れてしまうだろう。

（陛下は、よく生きていられた）

心からそう思う。

きっと雪花を守るために死ねないと思ったのだろう。

それほどまでに、かつて雪花が置かれていた状況は劣悪だった。

国と娘。そのふたつのためだけに己を殺し、皇帝という役目に徹していた友の心を思うと、胸をかきむしりたくなる。

今回の騒動で普剣帝はようやく未来に目を向けた。

残ったふたりの妃を慈《いつく》しみ、仲睦まじく過ごしているという話だから、いずれ後継に恵まれる日も近いだろう。

「雪花、俺は君を得られて幸せだ」

「なんですか、急に」

恥ずかしそうに頰《ほお》を染める仕草までも可愛らしい。

もし林杏を腕に抱いていなければ、今すぐ寝所に連れ込んでいただろう。

「どうかこれからもこの焔家でともに月を見ていてくれ」

ともに命の尽きるその日まで。

愛しい男とともに花と消えた蘇水紅の気持ちが、少しだけわかる。

死してもなお離れたくないと願うほどの愛は、たしかにこの世にあるのだ。

「もちろん。なにがあっても蓮とともにあります。私はあなたの妻ですから」

感謝の言葉を告げる代わりに、蓮はその小さな唇に己の唇を重ねた。

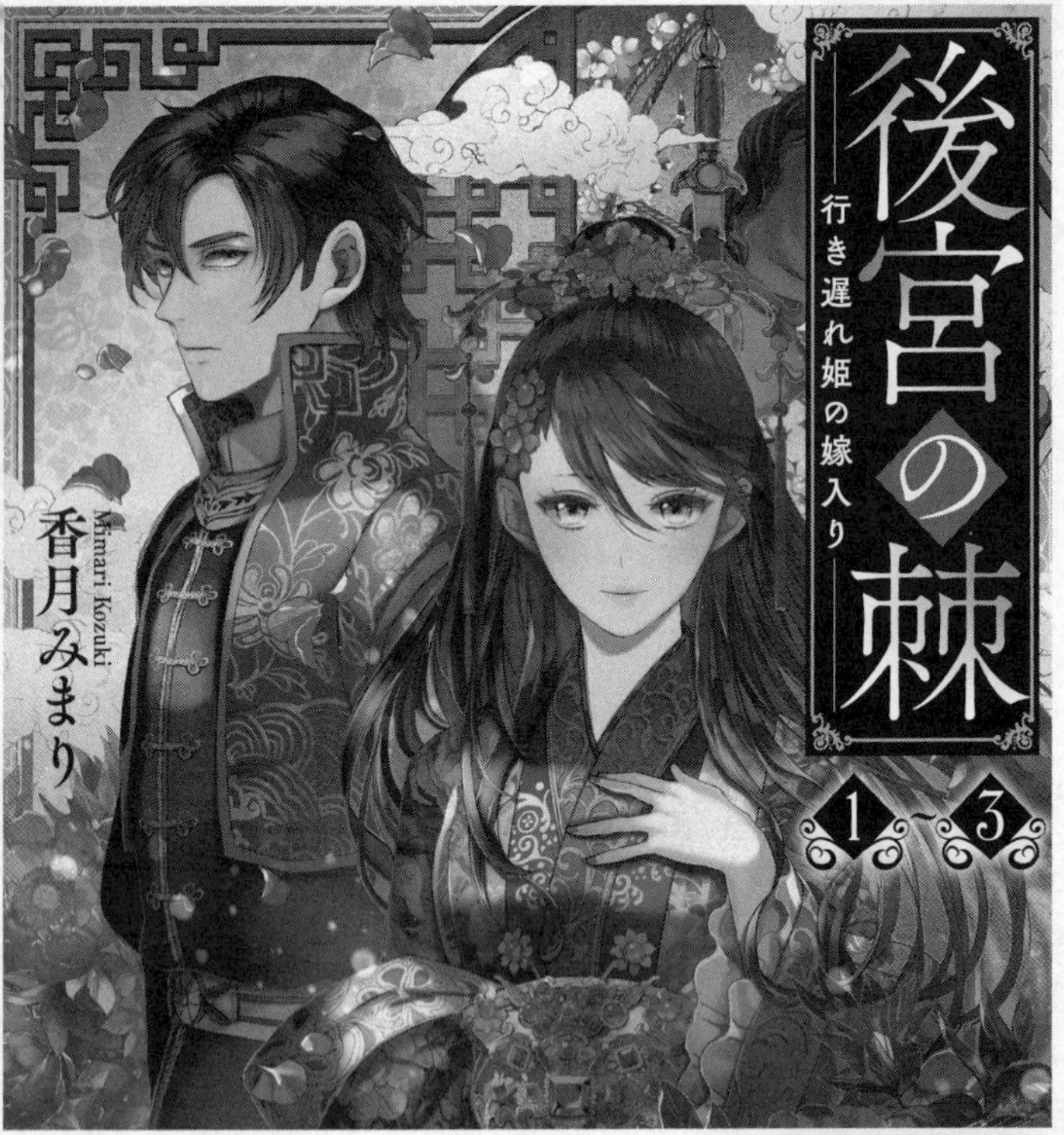

愛憎渦巻く後宮で
武闘派夫婦が手を取り合う！？

自国で虐げられ、敵国である湖紅国《ここうこく》に嫁ぐことになった行き遅れ皇女・劉翠玉《りゅうすいぎょく》。彼女は敵国へと向かう馬車の中で、自らの運命を思いポツリと呟いていた。翠玉の夫となるのは、湖紅国皇帝の弟であり、禁軍将軍でもある男・紅冬隼《こうとうしゅん》。翠玉は、愛されることは望まずとも、夫婦として冬隼と信頼関係を築いていきたいと願っていた。そして迎えた対面の日……自らの役目を全うしようとした翠玉に、冬隼は冷たい一言を放ち――？
チグハグ夫婦が織りなす後宮物語、ここに開幕！

定価:726円（10%税込み）

Illustration：憂

かりそめ夫婦の
穏やかならざる新婚生活

親を亡くしたばかりの小春《こはる》は、ある日、迷い込んだ黒松の林で美しい狐の嫁入りを目撃する。ところが、人間の小春を見咎めた花嫁が怒りだし、突如破談になってしまった。慌てて逃げ帰った小春だけれど、そこには厄介な親戚と――狐の花婿がいて? 尾崎玄湖《おざきくろこ》と名乗った男は、借金を盾に身売りを迫る親戚から助ける代わりに、三ヶ月だけ小春に玄湖の妻のフリをするよう提案してくるが……!? 妖だらけの不思議な屋敷で、かりそめ夫婦が紡ぎ合う優しくて切ない想いの行方とは――

各定価:726円(10%税込)

イラスト:ごもさわ

大正あやかし契約婚

~帝都もののけ屋敷と異能の花嫁~

湊祥

Sho Minato

虐げられた乙女のシンデレラストーリー！

お前は俺の、
最愛の花嫁——

時は大正。あやかしが見える志乃は親を亡くし、親戚の家で孤立していた。そんなある日、志乃は引き立て役として生まれて初めて出席した夜会で、由緒正しき華族の橘家の一人息子・桜虎《おうこ》に突然求婚される。彼は絶世の美男子として名を馳せるが、同時に奇妙な噂が絶えない人物で——警戒する志乃に桜虎は、志乃がとある「条件」を満たしているから妻に選んだのだ、と告げる。愛のない結婚だと理解して彼に嫁いだ志乃だったが、冷徹なはずの桜虎との生活は予想外に甘くて……!?

◉定価：726円（10％税込）　◉ISBN:978-4-434-33471-9　◉Illustration：櫻木けい

あやかし薬膳カフェ「おおかみ」
1〜3
森原すみれ
ここは、人とあやかしの心を繋ぐ喫茶店。
アルファポリス
第3回
キャラ文芸大賞
特別賞
受賞作！
身も心もくたくたになるまで、仕事に明け暮れてきた日鞠《ひまり》。
ある日ついに退職を決意し、亡き祖母との思い出の街を探すべく、北海道を訪れた。ふと懐かしさを感じ、途中下車した街で、
日鞠は不思議な魅力を持つ男性・孝太朗《こうたろう》と出会う。
薬膳カフェを営んでいる彼は、なんと狼のあやかしの血を引いているという。思いがけず孝太朗の秘密を知った日鞠は、
彼とともにカフェで働くことなり——
疲れた心がホッとほぐれる、
ゆる恋あやかしファンタジー！
全3巻好評発売中！
◎各定価：726円（10%税込）
illustration：凪かすみ